U0863109

人文阅读与收藏·良友文学丛书

舒乙题

**原丛书主编**：赵家璧

**特邀顾问**：舒　乙　赵修慧　赵修义　赵修礼　于润琦

**出 品 人**：马连弟
**监　　制**：李晓琤
**执　　行**：张娟平
**统　　筹**：吴　晞　姚　兰
**装帧设计**：赵泽阳

**特别鸣谢（按姓氏笔画排列）**：
韦　韬　叶永和　李小林　沈龙朱　陈小滢　杨子耘
张　章　周　雯　周吉仲　舒　乙　蒋祖林　施　莲
姚　昕　俞昌实　钟　蕻　郑延顺　赵修慧
以及在版权联系过程中尚未联系到的作者或家属

**特别鸣谢**：
上海鲁迅纪念馆
北京鲁迅博物馆
北京大学中国语言文学系
复旦大学中国语言文学系
中国作家协会权益保障委员会

人文阅读与收藏·良友文学丛书

# 春花

王统照 著

中国国际广播出版社

良友版《春花》精装本封面

良友版《春花》平装本封面

良友版《春花》编号页

良友版《春花》扉页

良友版《春花》内文

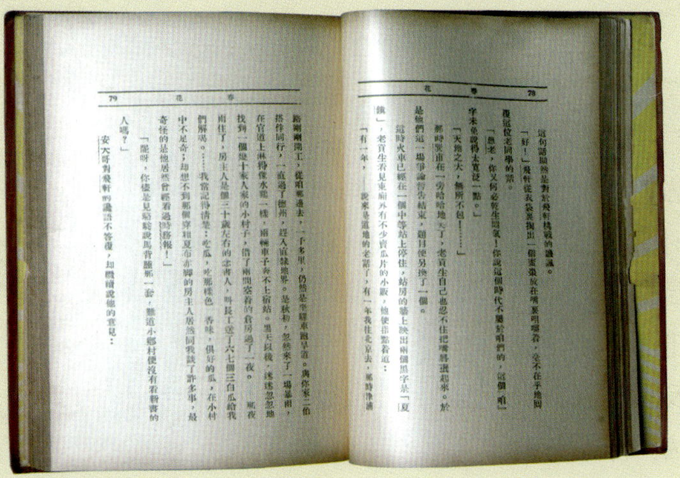

# 《良友文学丛书》新版出版说明

二十世纪三四十年代，著名编辑赵家璧在上海良友图书公司老板伍联德的支持下，历经十余年，陆续出版《良友文学丛书》，计四十余种。其中三十九种在上海出版，各书循序编号，后出几种则无。该套丛书以收入当时左翼及进步作家的作品为主，也选入其他各派作家作品。其中小说居多，兼及散文和文艺论著；第一号是鲁迅的译作《竖琴》。丛书一律软布面精装（亦有平装普及本），外加彩印封套，书页选用米色道林纸，售价均为大洋九角。

《良友文学丛书》选目精良，在现在看来，皆为名家名作；布面精装的装帧更是被许多爱书人誉为“有型有款”。不可否认，在装帧设计日益进步的当下，这套出版于二十世纪三四十年代的丛书外形已难称书中翘楚，但因岁月洗汰，人为毁弃，这套曾在出版史上一度“金碧辉煌”过的丛书首版已然成为新文学极其珍贵的稀见“善本”。

在《良友文学丛书》首版八十周年之际，为满足现代普通读者和图书馆对该丛书阅读与收藏的需求，我们依据《良友文学丛书》旧版进行再版（四种特大本不在其列）。本着尊重旧版原貌的原则，仅对旧版中失校之处予以订正。新版《良友文学丛书》采用简体横排的形式，以旧版书影做插图，装帧力求保持旧版风格，又满足当下读者的审美趣味。希望这一出版活动对缅怀中国出版前辈们的历史功绩和传承中国文化有所裨益，也希望广大读者多提宝贵意见和建议，以便我们把日后的工作做得更好。

# 《良友文学丛书》新版校订说明

一、本丛书收录原良友图书公司编辑赵家璧主编《良友文学丛书》共四十六种（四种特大本不在其列），乃为目前发现且确系良友版之全部。

二、此番印行各书，均选择《良友文学丛书》旧版作为底本，编辑内容等一律保持原貌，未予改窜删削。

三、所做校订工作，限于以下各项：

（1）将繁体字改为简体字；

（2）原作注释完全保留；

（3）尽量搜求多种印本等资料进行校勘，并对显系排印失校者在编辑中酌予订正；

（4）前后字词用法不一致处，一般不做统一纠正；

（5）给正文中提到的书籍和文章及其他作品标上书名号，原作书名写法不规范、不便添加符号者，容有空缺；

（6）书名号以外其他标点符号用法，多依从作者习惯，除个别明显排印有误者外均未予改动。

# 自　序

自从《山雨》出版后，我早已不想写小说了。在欧洲十几个月，流连风物，博搜广览，比较之下，更觉出祖国现在文化的贫乏，有工夫多用在调查读书两件事上，除掉偶而写几行笔记以应友人之约外，可说甚么文字都没动笔。每每在旅居寂寞中想，写甚么呢？像自己所知，所得，所能，能写出何等的文字来？希望它，给我们这样古老民族一点点精神上的食粮，与提示，或激动，惭愧！自己缺少天资与素养，读到外国学术与文艺的名著，更不愿东涂西抹了。

去年回国以后，百务萦心，更添上许多不痛快的感动。夏间忽得胃病，在海滨休养，那时《文学》的编者傅东华先生连函邀约，一定要我多写点创作的文字。迫不得已，冒然答应下来，写一个连载的长篇，其结果是在九十度的暑日与初凉的秋风中完成了《秋实》的上部。

动笔之前太匆忙一点，虽在自己的意念中早有了概略的构图，但搜罗材料上却大感困难。止就上部说：人物与事实十之六七不是出于杜撰，——如果是在我家乡中的人，又与我熟悉，他准会按书上的人物指出某某。但难处也在此。今日的小说不能纯靠事实，如左拉的著作那么确实；与他细心观察的事物丝毫不走样子。但十九世纪的自然主义者至多也不过对事物不走原样而已，究竟还得加以文字变化的组织。我常想：在现代写小说只是剪影罢了；而且只是剪的侧面黑影，至于由这非全面的影子扩展，变化，推及其言语，动作；推及其与他人，与大社会的种种关系；更往深处讲，由这侧影能透视其心理与个性，因之造成自己与社会的悲剧或喜剧；更由这偶然或必然造成的事件（戏剧）上显露出社会的真态，——不，应分说是“动态”，这绝非旧日的自然主义或纯客观的写实主义者的手法能表达得出。重要点还得看作者的才能与其素养。不错，这个长篇中的人物与事实固然有其八九，但那一分（就说是一分罢）已经很够下笔的了！初时我觉得容易，因为有现成的人物与事实，稍加渲染，不是“事半而功倍”么？那知既写以后便逐步感到棘手，被限制于人与事，纵然作者可有自由变动的笔底下的权力，但与完全想像或杜撰的题材不同。何况是时间久了，我当时由直接间接获得的印象，事实，早已划成片段，要补缀一件整齐衣服，自然处处都显出针线的痕迹。我又不想把这书中的人物过分的典型化了，时时要表现出几个主角的特殊个性，——原是属于他们自己的，不完全由于笔下随意刻划，因此，下笔时大不似预想的容易。

段落，字数上倒还能略如所计，虽然总名是《秋实》，原想分两头，——分上下部写。上半部尽力描写几个人物的“春花”，他们的天真，他们由各个性格而得到的感受，激动，与家庭社会的影响。在那个启蒙运动的时代，（由五四后到民国十二三年）他们扎住了各人的脚根。像这样写，自然有许多地方是吃力不讨好，人物多了容易有模糊笼统之处，——本来那个时代的青年易于描写成几个定型。再则，他们活动的范围有限，学校家庭，与社会的一角，写来写去，能不惹人烦厌已经费心思不少。可是，反过来说，没有前半部便从横断面写起，固然有奇峰横出，飞瀑断落的兴味，不过我还是有我的笨想法：造成一个人生的悲剧或喜剧，不能纯着眼于客观的事实，——即环境的一般的变化，而也有各个人物之主观的心意而来的变化。这问题虽似简单，却很复杂，同属于一个阶层，而他们的发展绝不会事同一例。远追上去，大环境中还有小环境的复杂关系，而遗传与家庭的教养我们又焉能轻视。写小说欲求其真，不是只靠着极普通的几份角色的面型便以为能尽描写之能事。这里便是经验的关键。有意识，有丰富的想像力，如果没有点经验上的根据，那不成为公式主义的复现，便是空想而无当于事实。“恰如其分”正似写好字的书家一样，一点，一勾，都现神采；一整，一斜，都能调谐。有甚么标准与规矩？这真是一个最难解答的疑问。不管有多少小说讲义与小说法程一类的书籍，终难把这一点“巧力”给予作者。

也因此，这个上半部的《春花》我着眼于上述的情形，写完后再看一遍，不免过分注重于个性的发展，作他们未来活动的根基，太着重这一层，便觉得有些地方是硬凑，是多余了。

我的计划想在下部实写他们的秋天。的确，他们现在也如作者一样是在清冷严肃的秋之节候里了。真正没了春日的灿烂，与一股劲地向上发扬；不管是趋向于那方面，那时，这部书中的几个主角都是具一股劲的。如今连丰缛的夏日也不相似。时间那曾曲饶过一次的人生！在这露寒，木落，已经熟成的现在，他们也真的已具有定型了。虽然各个角色在这十数年中扮演的种种戏剧，彼此不同，但漂泊在飞涛中的孤舟，各达到边岸；有的或者是沈落下去，因为各人张帆，撑篙的本领不一样，而停泊的边岸也不在一处。秋雁惊鸣，风凄露冷，他们对于这气候的变幻与自己的奔波，何能不自然了！同时他们在春末时季的出发并非只由于一时的高兴，而各有其客观的条件。藉了他们的行程，与奋斗，挣扎，沈溺，更可显露出这个时代中社会变动的由来：是——

社会生活决定了人生，但从小处讲也是——

个人的性格造成了他与社会生活的悲剧与喜剧。

空泛地把任何人的变化归功或归罪于普遍的社会变动，怕不是一个精细观察者所应当取的态度。

总名原用“秋实”二字，意即在此，我作此书的意义也在此，没有甚么更远大的企图。

下部便不像上部的单纯了，生活与思想上的分道而驰，结成了各人的果实。同时也可见出他们接触到社会的多方面：政治的，军事的，教育的，各种社会活动在那个大时代中特具的姿态。

搜集材料，为下部我确费过不少的心思。曾用笔记录过他们生活上的小节，与时间上的遇合；曾问询过他们的朋友与同调的人物。既然分道而去，与上半部都还是不甚相差的学生生活便隔得远了。

因为我想把这几个主角使之平均发展；力矫偏重一二人的习惯写法，怕易于失败。分开看似可各成一段故事，但组织起来，要在不同的生活途径上显示出有大同处的那个时代的社会动态，纵然对于动态的原因，结果不能十分刻露出来，可是我想藉这几个人物多少提示一点。

所及的范围过大，易于“顾此失彼”，这是在下笔之始便已觉察得出的。

《文学》登过上部后，因太长了，我决意停止续登下部，也因此便将未完之作搁置下去。现在良友公司愿全部付印，先将上部取去，分两册出版，正好将春花秋实四字分用。

我曾顾及分册出版的办法是否相宜，好在上下部各有小起落，虽非完作，尚可约览。略述如上，读者或易明了。

二十五，十一，廿八。

# 一

坚石刚刚走出那个破瓦的门楼，右脚若踏空似地从青苔石阶上挪下来。恰巧横面蹿过来一辆华丽的汽车，把方块石砌成的街道上的泥水激起多高，他的爱国布长衫上也洒上一些污点。

他并不低头看看，也没曾注意那辆汽车中坐的是甚么人物，踏在稀薄的泥泞上黯然地向前走。

若是在两个月以前，他对于这新式的怪物在这么狭小污乱的城市的巷子中横冲，直撞，至少他得暗暗地咒骂几句；至少那不调和的感想惹起他满腔的厌恶！……但是现在在八月的毒热的阳光之下，他走着，黯然地如同一个失群的孤雁，心情淡得如一碗澄清的冷水，一切事都不在意。街市中闹嚷嚷的人语，人力车夫争着拉座，铁锤在大铁砧上迸打着火红的铁块，小学生夹在行人中间挤弄着鼻眼，大木架上颜料店高挂起深蓝浅蓝色的布匹，……这些事是他从前熟悉的，而且是能够引起他的社会研究兴趣的，现在一片模糊了！——一片似在铅色云层中罩着的人物与街市中的嘈音，都不能引起他的感官的注意力。

他毫无兴味，也失去了青年人对一切不满的诅咒的热心。

生活对于他是一个不解的哑谜，他不再想费心力与精神去揭开这个谜底了！

因为他是希望从冥漠中找到一枝淡光的白烛，可是他也并不想那枝找来的白烛能引导他，与他的朋友们，藉着微弱的光亮走上大道。他明白，即使找到了，怕连自己的道路也照不出来，——他只求着那么小而黯淡的烛光能够照到自己的影子！

是啊，他真的十分疲倦了；疲倦了他的身体也疲倦了他的灵魂，一点点激动的力气都没了。不是不敢想，原来是不能想“人生”这两个字的意义。

从这两个月以来，他才恍然于自己是多么糊涂，多么莽撞，世事的纠纷，——仅仅想用他那双柔弱的手是没有解开纠纷的希望的。于是他由热烈的争斗的石梯上一步步地走到柔软的平地。虽然地面上满是污秽的垃圾，泥，土，但他情愿在那些东西上暂时立住，——并且他还要一步步地从地面上下降到冰冷幽沈的峡谷。

不过他仍然想在那个峡谷的一端，他或者能够看到另一种颜色的天光，——希望没曾完全从他的心中消灭！然而他再不敢在目前的现实生活中去窥测，探索，与希求甚么了。

# 二

沿着土石散落的南城墙的墙根走。正是热天的午后，霉湿的土着了大雨后散发着润湿的新生的气息。小枣树，细碎的白花在那末矮的檐头上轻轻摇摆。城墙圮落下来的斜坡上有一层层的茅草与方生着柔刺的荆棘。三两只褪毛的大狗在人家的门口昏睡。这末清静与安闲的小街道连卖炸麻花，糖烧饼的小贩都歇午觉去了。几乎是没遇到一个行人，当坚石转过了南北街，靠城墙走，想着出南门去的时候。

到南城门的附近，瞥见有十几个短衣服的人正在围着城门洞中黑砖墙上的甚么东西。那是常常贴杀人告示的地方，滑顺的公事式的字体上用红硃标过，总有些“某某，抢掠，……勒赎，供认不讳”那类的例行话，后面就是“着即正法以儆效尤”的人名，……年纪，籍贯，一气写下去。那是正法后的“俾众周知”的公事。他每次从城门口出入；常常看到新的告示。也常常有一些观众，不是希奇的事。

这回他见到那群人用粗毛手巾擦着汗，争上前去看那些罪恶的宣扬。他却加紧了自己的脚步，如同那城门洞中有藏住的魔鬼怕附了身上去，赶快穿过去。

他很谨慎地连那些围观告示的人们的衣角也不曾触着。

轻轻地但是迅速地，他踏着新泥在安静的大街与挑水的胡同中走。末后他立在一个小巷西端的门口。显然的容易辨认，这门口的檐下有两棵孤寂的水荭花，虽然那紫穗般的花头还没开放，浅绿的嫩萼中却隐隐地包着淡色的红晕。

他站住，深深地喘一口气，从头上将粗麦辫做的草帽摘下，在左手中微微搧动。像是寻思也像是休息，过了几分钟，他终于走进门去，但又退回一步，向来路的巷口上看看，刚刚有个挑西瓜担子的乡下人走过去。

# 三

“你以为这样便从此心安了吗?”

“二叔，……经过了两个月的深思，不是空想，我读过些初步的书，也曾与那位悲菩女士着实谈过几回。……心安，我不敢说，也想不到，我只求不再想甚么甚么了！想，如同毒菌散布在我的周身的血管里，甚至就连神经细胞也侵占了似的。不敢说是苦痛，这个我知道比起真正的苦痛的尝试算甚么！然而，二叔，你明白我吧？一句话：我承受不了，说是失了勇气我还不信！——难道就这样割断一切，我顿顿脚走了，不是也需要一点真正的勇气吗?”

“都说我是有点神经病，也有给我另一个批评的，是‘受不了刺激!’不，至少我不这样想。求解脱，我是不懂。自己知道够不上这末伟大的自夸，不是，我只愿得到这一点点，从真实中休息了我的心。再像那样干下去疯狂是可能的结果。人家都各自去找人家的人生之路，我呢！我毫不疑惑，这便是我的路！……”

这过午的大热天中的来客坐在藤椅上从容地申诉他要出走的见解。汗珠从额上顺着他的瘦瘦的下陷的颧骨滴下来。

这间小小客室的主人用细蒲编成的团扇尽着在白夏布小衫的钮子上拂拭着，很注意地倾听客人的言语。但同时他被这位与自己年纪相仿的青年的议论摇动了自己的平静的心思。

主人听到这里，将蒲扇丢在小方桌的黑色漆布上面，把原来拿着扇子的右手握成拳头，重重地在桌子上搥了一下。似乎要发一套大议论，可是即时他皱了皱眉头。

“好！你有你的理想，你先说，——”

那叫坚石的客人恭敬地侧坐在主人的对面，连有污泥的长衫并没脱下来，把两只发汗的手交互握着。

“二叔，说甚么理想，这名词太侈华了！许多人一提到这两个字，便觉得其中藏着不少的宝物，可以找出来变卖，太聪明了，也太会取巧！我到现在再不敢藉这个名词欺骗自己了！不错，这两年以来，就是为了它把我的精神扰成了一团乱丝，甚么事我没干过！真的，甚么‘惭愧’我说不上，……这不止我自己说不上吧？时代的启蒙运动天天使青年人喝着苦的，甜的，辛辣与热烈的酒，谁只要有一份青年的心肠，谁不兴奋！这两年，就在这原是死板板的省城里也激起许多的变动。一般人做官，吃茶，下围棋，读老书，还有做买卖，做苦工，看小孩子，自然这运动还摇撼不了那些人，但是，有血有肉的青年人那个不曾被这新运动打起来？我，示威，游行，罢课，学生会的职员；演新剧，下乡查×货，发传单，与警察打架，照例的那些按着次序，又是各处一例的学生的新办法，都加入过，而且还做了这儿青年运动中的主要份子……黎明学会的组织与讨论，……啊，啊我，在其中费过了多少心思，连失眠，吐血甚至一天不吃饭的事不是没有！二叔！……”

他本来不想急切地说出他这两年来在兴奋生活中所感受的苦痛，因为不容易有这末好的机会，激动心情的火焰还不容易完全在这个青年的胸中消灭。他的房分不远的叔叔，暑假中从北京回来，与他是第二次的见面，他决定要从头讲起，好使他的叔叔根本明了他要出走的心思。

他的叔叔知道他的脾气，便不肯打断他的申诉的长谈，慢慢吸着了一枝香烟静听着。

“可是现在呢？我甚么都没有了！谁欺负我，谁夺去了我的时代的信念？不！你晓得我这点崛强，虽然是乡村中的孩子，骨气呢，咱们总能自傲。那些官吏，政客们的把戏，我经过学校外的生活的颠倒算多少明白一点！……”

主人忍不住微笑了：“你只是明白一点点吧？”

“因此我才觉得社会的毒恶。青年人都是傻干，人家却在他们中间用种种的计策。本来自己就不会有团结，学说，思想，你有一套，我也有所本，他呢，又有别致的信仰。起初是议论不同，日子久了简直分成派别。……”

坚石的态度这时颇见激昂了，他立起来重复坐下，黄黄的腮颊上染上了因感情紧张的红润。但是主人却冷静地在留心他的神情。

“你以为青年人分成派别便觉得悲观吗？”他再问一句。

“……是，……也不全然如此，令人想不出所以然来！”坚石对于这个问题觉得确难用简单的话答复。

“所以然？这不是想到哲学上的究竟观了！哈哈！……”坚石的叔叔想用滑稽的语调略略解释坚石的烦闷。

“像我，想不到把人间的是非判别的十分清楚，我没有那末大的野心。不过我们那样热烈的学生运动经过挫折，分化；经过人家的指挥与一家人的争执，不是一场空花？也许不是？但我却受不了这些激刺，与当前的落漠，……再说回来，我更办不到像两年前没经过这一段生活的我，安心去读功课书，求分数，盲目地混到毕业，抛弃了去找新意义的生活。……”

“怎么样？你也有这个决心？”

“决心是有了，我一进门的那句话：两个月来再三地作自己的决定，如果不走这一途，我怎么活下去！我能够怎么样?”

“不是容易的事，如果你真是经过详细的考虑，要那末办，自然这是一个人的自由，……不过，……”

主人的话说得很迟缓却很郑重，表明这几句话的分量。

坚石用微颤的手指抹一抹额上的汗珠，将疏疏的眉毛紧紧聚拢来，两只手握得更加有力了。

“决定！决定！二叔，你不必过虑！你在现时中再没有出路，——自杀，我不，那是卑怯的行为。我同意杜威夫人的话：如果要自杀，还是打死几个人。我无此勇气，下不了那份牺牲的硬心肠，我只有走这条路！……”

他站起来，脸上越发红了，像是还有些待说的话一时说不出来。

两个人都静默了。一只蝇子在玻璃窗上哼哼地乱撞。香烟的青圈在空中散开。窗外一盆盛开的白莲，日光下那些花瓣也现出焦灼的样子。

“今天我来辞行！”究竟还是他先打破了这一小会的沈寂；“并且我得求二叔的助力，因为盘费还差二十元。想能原谅我，给我设法，除了二叔，除了那位悲菩女士甚么人我没告诉过。……”

主人深深地吸一口气，不即回答。

“这不行吗？二叔，不会有一般世俗的见解吧?”他又来一句反激的话。

“世俗的见解未必都是差错？……你特地将要出家的决心对我说，自然你信得过我，无论如何，我不露布你的消息。你想：如果铁坚他知道你要往空山中去剃度，你母亲，你的妻必然全来了。可是你若不对我说，我也是在闷葫芦里，我尊重你的自由的决定，放心，日后总不至由我的口中透露出你的行踪！反过来说：你也细想一想，这不是随便玩的事，此外你真不能走别的路吗？钱在平时我能够为你办，那怕数目再多点，这一次除了说‘不行’之外，我没有更妥当的回答。”

想不到的拒绝使坚石惘然了！

“为甚么？”

“也许你会笑我是一个思想上的中庸者，我有我的见地，你决定走那条路我不阻止，——自然也不必阻止，一个人如真有决心能抛开一切，去为他的思想找出路，只要经过自己的确实的衡量，别人有甚么权利去反对？至于意见却尽管不是一致。你信托我，把心中的秘密向我告诉，我不能使你家中的人晓得，可是我若帮助你路费为的是你抛开了一切剃度去，社会的责任不用提……你有老年辛苦的母亲，结婚不久的妻，我良心上觉得我不应帮助你任何的力量，使你遁入空门！这是我的界限；我不给你露一点消息，也不帮助你远走的路费，你纵使说我是一个世俗的中庸者，我却觉得心安！”

坚石即时恍然了，他平静地坐下，颇为高兴，两只紧握的手也撒开了。他点点头道：

“好。我完全明白，二叔，自有你的识见，我只就自身着想，你是局外者，还想到别的……”

他眼角上稍稍晕湿了，一阵惨淡的忍受使得他用上牙将下唇咬住到这时，他才故意抬起头来把眼光移到北墙上一付隶书的对联上去，那对联的一下句是“不能古雅不幽灵。”横宽，肥脚的，一个个胖子侧卧式的字体，一画，一撇，对着这过午的来客仿佛暗笑。

他们谈话的结果终于如主人的意见作了收束。及至坚石临出门之前，这屋子的主人又郑重地问他：

“坚石，你可知道这是件很严重的事！不要随便被兴致迷惑了自己；一时的兴致往往不容易持久，千万想到‘着了袈裟事更多’的句子！再回头呢？……”

“不！”坚石淡淡地回答：“行所无事最好，不经过自己的交战我是不能向这等消极的路上走的，——可是也不能说是消极吧？”

在大门外的水葓花旁，他与屋主人告别了。一个瘦者的身影在巷外消失了，屋主人呆呆地站在那里对着斜阳出神。

# 四

湖边，正是芦苇最盛的时季。夜游船的船夫在堤岸上争着拉买卖，卖西瓜片，冰汽水的小贩也集在码头上乱叫着招呼顾主。一丝风都没有，因为前天落了一场暴雨，石堤上尽是软泥。游人无多，月亮在云罅里时而闪出晕黄的微光，几星灯火在水面上荡漾。间或断断续续有远处的笛韵从暗里飞来，那末凄婉与那末轻柔，恰好与雨后湖上的夜景调和。

北极台下的浅水边，青蛙争鸣，虽然有船影冲过来，那聒聒地令人心烦的声音却愈鸣愈高。乱草中蚊声成阵，偶然从草根下闪出一两点的萤光。……这里是很僻静的地方。那古老的台子高高地矗立在城墙的前面，像是一个巨人，白天，夜里，守着这一碗臭浊的湖水。在传说的水上掠过才子们的吟句，葬埋了一些女子的柔情，或是炮弹，火把。住家人家的脏水，与多感的旅客们的眼泪，究竟因为是名胜，还不少的人到湖水上面找“梦”。

自然是烦腻，牢骚，卑鄙，狂傲，甚么梦都有，坚石也是来找“梦”的一个。

他为甚么偏在这雨后的晚间来？单为得清静点。他在这些日子里偏向不容易与人见面的地方去。住在学校里面，功课早已丢开了，以前得到处寻找借阅的那些新出版物，曾经有魔力似地诱动他忘了眠，食，热心阅读，现在他连看也不看。同学们有人谈谈文艺与甚么主义的话，他便静静地走开。有人问他，他轻易没有回答。熟朋友当面讥讽他，拿甚么“冷血”一类可以使每个青年人受不了的激刺话掷到他脸上，他用淡然的微笑答复他们，向不争辩。真的，他原来是那末热烈的学生领袖，变了，变得如同一个入定的和尚。人家送他一个浑号叫做“石头人”，他并没有任何的抗议。

自从过午与他的族叔谈话之后，不知在那里好歹吃过晚饭，便雇了一只小船泛到这没人来的台下。

一个人，他孤另另地上了岸，在台子下面的石阶上坐下。仰头望着黑暗的空间。

不断的蛙声没曾引起他的注意，他在静中回忆着种种的事。

虽说是自己新学会得另一样的静心的方法，其实那是在经过强制的心意的熬练，由制使而麻木，由麻木而安定，不是容易一下便把活泼热烈的一个青年如奇迹般地完全变了。他只是想从匆遽中，从苦恼中，找到那种超出世俗的慰安与清凉的解脱，便不顾及未来是到底怎么样，下了决心，——决心去逃开他认为是苦闷的人生，往另一个超绝的境界走去。

在周围的黑暗之中，他想着明天一个人要偷偷地离开这个大城了。以后与从幼年相处的家中人，与在这边的朋友们完全隔绝，就是这片满生着芦苇的大湖，弯拱的石桥，以及平时爱去游逛的那些泉子，都得告别了！……说不出是悲哀还是怅惘，坐在石阶上面理不清自己的思绪。既然再三决定了的事，到现在还能反悔？那是笑谈。紧压住心，无论如何，不在向往回头路上想，虚空的游思把他的记忆引到那些仿佛神奇的故事上：头一件便是佛陀，一国的王子既然能舍却了宫廷，权位，荣华与女人，自己为甚么不能呢？自己又是如何的渺小！还有在故乡的山间常常遇到那些给人家作法事的僧人，由四五岁就舍到寺里去，甚么苦不曾吃过，后来他们不也是悠然自得吗？一定，他们并不深懂佛法，不过是牢记着几套经文，咒语，比起自己来差得多多。难道由人生的艰难的途上退下来，真正有所为而为的出家，法味的享受，不也是很有趣味的事？放下吧，把一切都完全放下来！何苦尽把自己的灵性为种种的好名词迷惑住，何况不如意的人间又污浊，又纷乱，自己实在打不开，除……之外的另一条道路。然而……

他竭力从这一方面去设想，竭力抑住那一颗沸腾的心不使它追忆甚么，但把不住的念头转回去，他的家庭与幼年时的种种事凑上来如一条火热的鞭子从虚空中打下。

斑白了头发的母亲做梦不能想到这个孩子会从学校跑到远远的僧寺里去。她与小妹妹们一定在院子中计算着日子盼自己回故乡去？……大哥在乡间教书，办理着困难的家计，每当自己回家总是试探着述说一些过去的家中琐事，最痛心的是读书人的父亲为了土地交易在某一年的冬天往亲戚家借钱，在路上病倒因而致死的惨状。……大哥这样反复着说那桩难忘的事情。大哥自十多岁便经历着困苦生活的学生，以后在社会上干过事，现在在乡中混着，虽然不是一个母亲生的，然而待自己毫没有一些歧异，这次走后把所有的责任全给他担上，他会不怨恨透个为潮流激荡下来的怪僻的弟弟吗！

妻，……他想到这个有趣的字，自己在暗中轻轻地笑了。婚姻更是一件滑稽的趣剧。她是一个完全的农家姑娘，像这些事尽管对她说是不能明白的。她只知道有一颗朴实的心，一份真诚的忍耐罢了。以后与母亲怎么能长久合得来？她的生活又待怎样？

眼前现出一个健壮的少妇的身影，她只会高兴地痴笑，与受了冤屈时的擦眼泪。那红红的脸膛上永远是蕴含着农家女儿的青春的丰盛。日后，那难以安排的她的未来！……

坚石不自主地把在这湖畔沈思的范围扩充到自己的家庭上去。他愈想尽力推开却愈凌乱无次地乱想。末后他自己又在对自己提出疑问了：

“是不是我已经投身在这个新的潮流之中，那些家庭的残余的观念为甚么还老是在思想中作祟？恩情，眷恋，孝，弟，是不是一串毁灭一个‘新人’的铁索？我应该有自己的选择，自己的决定，从旧制度的绳索中脱身出来。为甚么我还去顾念那些骸骨呢！……

“但是一个‘新人’向宗教的领域中求解脱，怕也是骸骨迷恋的一件？如果不去呢，有更好的方法吗？老佟的激烈派，巽甫的高调，身木却主张国民革命，好歹他们各有一点冥漠中的信仰，自己呢？全用怜悯的眼光看别的青年，他们甚至对自己嗤笑了。能力在那里？见地在那里？骂那些政客，盲目的教员，没有心肝的奸商，这就算一个‘新人’成功的诀窍？是呀？‘你得拿出你的主张来，’对于国家，对于社会。也就是对于你自己。究竟你的人生观，你的政治上的主张在那里？时代是这末迫切地需要每个青年得确有所见，还得即知即行，不是徒然地空想的时代呀！从几年前掀起了这股新潮流由北京冲到全国的都市中，不会有一个受过这个潮流洗礼的青年而无所主张的！”

他骤然想到这些事，感到异常的烦苦！自己曾在各种主义的政治书中迷失了自己的道路。他不是没有一点评判力，为书籍的文句将自己眩惑的青年，但也不相信一个没有经验，学识的学生可以独独标揭出那种主张是完善的，一无缺欠的，可以通行无阻的。他很精细，也很慎重，因为他太看重了一切，而又少一点审别与坚持的力量。越是别人坚决主张的事，自己越容易生疑。起初他在朋友们共同发起的学会中曾经热烈地讨论，辩难，曾经作过读书报告，与解答中国的将来要走向那一条路。但后来他一切放下了，失望与迷惑损坏了他的勇敢的信心，不止是对于政治上的主张认为是一湾污水，愈搅愈臭，即对于新文学，妇女解放，抵制×货，那些每个青年高兴得时时挂在嘴上的新名词也懒得说了。

精神上受过突然的激刺，浇熄了他胸中蓬勃奋发的热情，简直如同在酷热的夏日忽地落到冰窖中去。往前走，脚底下没了气力；再回复这新运动以前自己的平静状态也办不到。

他已与别的朋友离了群。他的思想忽而积极，忽而消沈。听见北平一位有名教授的老年的父亲自杀了，便赶快化了两元钱去买他的遗书看。知道俄国有位坠楼自杀的文人迦尔询，他便到处借杂志，书报去读他的作品。但无论如何都不合他的脾胃。为甚么自杀呢？弱者的自弃；他虽然同情他们，自己又不能效法。

突然的连合，从看海潮音上的几篇论文，以及被人介绍与那位五十多岁的在家尼姑谈过两回，他在找不到出路的生活中竟得有一线曙光。虽然朋友们都共同热烈地反对一切的宗教，自己却稍稍尝到宗教的“法味”，——在精神困恼中的一剂清散药。

在这半小时以内，他几乎把两个月来的心理的矛盾完全重演一遍。本来想趁着黑黢黢的黄昏后到这游船轻易不来的冷静地方，自己作一回憧憬中的寻思。他不是一个真能舍却一切的青年人，即使对于这久住的地方的一颗树木，一块石头，有时还免不了眷念，低回，所以在暂时的沈寂中，他心上的石块又重复震荡起来。

然而他又是一个面皮太薄的学生，已经决定要去办的事，不要说已经与那位深通佛法的过来人——悲菩女士诉说了自己的志愿：又问他那位族叔曾要求过出走的路费。即使没有别人知道，如果不咬定牙根再在那末浮泛与毫无着落的潮流中混下去，恐怕真有自杀的可能。他有时也似乎明白逃往虚空是暂时欺骗自己的诡计，可是他没有工夫对自己的未来再作一次心理的苦斗了。

他被这些复杂与冲突的心思扰乱了，一阵头痛，仿佛眼前有一团火星跳动由水畔发出来的雨后积水的臭味十分难闻，几乎要将胃里的少许食物全吐出来。他紧紧闭了嘴，用双手遮住目光，呼吸深急，可是并没有一滴眼泪从干涩的眼角流下。

# 五

“一——马离了～～～～西凉～～～～界，”突然在水畔发出了那样高亢的西皮调，嗓子是清爽中带着柔和，尤其是全句的重音着在“凉”字上，曲折下来，重行荡起，这唱法与喉音一准是义修，他听见这句戏词，便下意识地立起来，想着走开，不愿同他们这群兴致很好的朋友见面。然而他还没挪动一步，那只小船已经靠岸了。几个人的说笑声听得很清楚，还有一支电筒一闪一灭地向湖心与台上照着。

“横竖他们要下来，这里除却坐船也没有路回去，走不及被他们照见又说甚么？就是吧，这么巧，该当在我远走的前日同他们聚会一次。”

坚石转了念头却反而喊了一声：

“巧透！你们猜，我也在这里，——一个人？”末后三个字的声音似乎咽下去，新来的游客们并没曾完全听清。

“谁?”有一个人发问。

坚石并没答复。下船的另一个的笑声：

“真有巧事！我们今儿晚上可把我们的‘佛学家’找到了。”

“哈哈！……哈哈！……”接着一阵杂乱的笑声。

因为他们一提到我们的“佛学家”都明白在石阶上的人是谁了。

一团巨大的电光即时映到阶石上，坚石立在那里一动不动，宛如一个石雕的神像。

“还是巽甫的耳朵真灵。”

“不，这是佛爷的保佑，难得有此仙缘！来，来，——来咱这里望空一拜了。”说这么俏皮话的是刚才高唱戏词的，在同人中曾出过文学风头的义修，他是个风采俊发的中学高材生，红红的腮颊，身个不高，有一对灵活的眼睛，会拉胡琴，会唱几段旧戏。凡是在学生界有游艺会的一类事总得他作戏剧组主任。他的交际最广，女学生，凡是稍稍有点名头的女学生他很容易认识。

他们不顾岸上的泥泞乱嚷着向台阶上跳来。坚石在空中扬起了右手若作表示，为是不再说话。

巽甫抓着一个手巾包抢上去，用自己空着的左手也高高地抬起，握住这立像的右手。电光下先上来的是三个，还有走在后面的那一位。

“真是诗人，还是佛门诗人！独个儿在北极台前的石阶上参禅，做诗，新鲜啊！还是雨后的黄昏！”

年纪最小而平日最好与坚石抗辩的小弟弟身木，披散着一头的黑发，摇摇头，这么说。

“你，——小孩子，懂得甚么？你以佛门弟子会同踢足球玩童子军木棍的孩子讲理？我还差不多。”巽甫的左手把举在空中的坚石的右手牵落下来。

“还开玩笑，既然碰到了说句话吧。”

坚石无气力地向他们说出这一句话，接着在后面手提着白夏布长衫的戏剧家慢慢地走上来。

“了不得！我们来是命运的支配，不是？‘佛学家’要待一会投水自尽，应该叫大家来监护他。”

这倒不是玩笑话，巽甫与身木还有在后头那位不好说话的金刚都被戏剧家的话提醒了。本来他们都是这个城中学生界的领导者，又共同组织了一个学会，差不多天天见面。坚石近来的言语，行动，早已引起了他们的猜疑。因为他虽然事事热心过，可是也最容易被刺激。这些日子在学会中早没有了他的影子，他在宿舍里偷空看《大乘起信论》与带注解的《金刚经》，已成为他们同人中皆知的秘密。于是各人对于这个性格奇异的坚石有种种猜测。恰好在这末幽静的地方遇到，于是戏剧家的聪明话便打动了大家的寻思。

身木还是十七岁的孩子，他与坚石是远房的兄弟。

虽然他每每好同他这样呆呆的哥哥大开辩论，这时他首先跳过来，用两只有力的手按住坚石的双肩说：

“你再要怪气可不成！连性命都不管。我看你，哥，快回家去，不必读书了。幸而大家来碰的巧，要是明天湖上漂起你的，……”这热诚的年轻孩子他为急剧的感情冲动，说话有点呜咽了。

“身木你以为我会死？”

坚石的呼吸。有点费力，还是用上门牙咬住下唇。

巽甫把深沈的眼光在电光下向坚石苍白的脸上转了一圈。

“你，——义修的猜测，我就不敢替你这怪人做保证。如果是那末想，太傻了，太傻了！为的甚么？”

巽甫是个心思最周密性格最坚定的工业专门的学生，他的年纪比二十岁的坚石还大两岁，学级也最高。因为天天习算学，弄科学的定理，无形中使他特别具有分析的能力。对一切事不轻易主张。可是也不轻易更改。说话能负责任，尤其是有强健的意志力。

然而在这一晚上看着坚石的态度他也有点相信这可怜的青年是要投入绝路了。

义修在坚石的背后，用指尖抹抹自己的肩头，低念道：

“苟余心之所善兮，

虽九死其犹未悔！

坚石，坚石，你如果向死路上打计划，——也未必全然不对呀！……”

原来手拿着电筒的那一位，只在石块上立住，照着他们说话，没曾参加。这时他听了义修念的诗句，便冷冷地道：

“看你们糊涂到甚么时候，有想死的，还有赞叹的，哼！好一些自命不凡的青年，都像你们，还说什么‘新运动’；说甚么‘中国的复兴’！”

他的声音沙沙地却如铁条的迸动，十分有力。

“忘了你。金刚，你的话格外有力量。向来二哥同你辩不来。忘了你，应该早劝劝他！”

身木还是用一只手按住坚石的肩头，生怕他跑走了一般。

“时代的没落！”被身木叫做金刚的他，一手叉住腰，白哔叽的学生服映着他的黧黑的面目，在微光下现出刚毅不屈的神色。

他再喊一句“时代的没落！……”却急切里说不出下文来。

“好好，好一个‘时代的没落！’就是这五个字已给你费解，是人在时代中没落了，还是时代自然地没落？譬如坚石，是他自己没落，还是时代没落了他？”

义修老是好发这样议论，而金刚却冷笑了。

“你们就是吃了能咬文嚼字的亏！坚石也是一个。

不过他太认真，还不像你的‘飘飘然’罢了，——一准得有没落的，一准！”

他不善于说理，只能提出大意来。

到这时坚石方能从容地同大家说话。

“谢谢你们的好意！谁也不必替我耽心，我没有那末傻！……不是？我实在缺少那股勇气。义修赞美气，对！老金要‘扎硬寨，打死杖’挣扎着作一个健强的青年，对！——更对！我死不了，我就是死也被你们救了。还说甚么。我，任便你们批评，没得置辩。我现在无论对谁不会同人打口架，干么？人家的未必不对，自己的有甚么把握便以为是真理？日后，……我想从另一个环境中找寻‘真理’去。”

身木把按在坚石肩上的手放下来，手指捻住自己的额发。

“怎么一回事？嗳！你们这一套真真听了烦死人。怪，我就甚么不理会，读书，踢球，与军警冲突，咱就来一套全武行。多乐！老是哼哼唧唧，人生，道德，又加上甚么哲学，甚么恋爱，不怕把脑子冲乱了，有甚么味！”

“哼！”又是金刚的不平的发泄。

身木弯着身子向金刚立处探了一探，即时缩回来，伸伸舌头道：“哥，快下船回去吧，别再惹二花脸生气了。”

“本来，这是甚么时候？像在这个地方开会，又死又活地。叫船家听了去不得大惊小怪？上船，上船回去，那怕今儿晚上不睡觉谈到天亮。”

巽甫首先提议，身木在后边拥着坚石重行回到船上。

暗中竹篙点着湖水，这只小筏子便钻进苇丛中去。

沈静中惟有星星在空中散着灼灼的光芒。偶然有三两只飞鸟从芦苇上掠过去。那些长垂的绿叶，发放出一种特殊的含有涩味的香气。荷叶在水面上不容易看得出，独有夜间把花瓣闭拢起来的荷花亭亭地在水上显出淡白色的箭头。一股霉湿气从四处蒸发着，混合着夏夜的轻露，他们坐在船上都闻得出这种味道。

一壶清茶已经冷了，身木不管一切地端起壶把顺着嘴子向自己的口里倒下去。

“这孩子……”巽甫的话。

“你们都以为是大人了，老成，懂得这个，那个，我不服气！还不如我齐思叔夸赞我是‘天真烂漫’哩！”

“噢！齐思，他方从北京回来不久，你该见过他来？”义修问坚石。

“见过。”

“他该对于你的态度有所批评吧？你们又是叔侄。”

“有甚么，你知道我这个牛性的人，我执着的很利害，他又能说甚么！”坚石答复的很含糊。

“难道他就赞成你这么不三，不四，而且，——不要生气，而且有点颠倒的样子？”巽甫也在问。

“我述说我自己，不赞成也没办法。他倒还尊重我的自由。”

“甚么自由？”

“不，”身木抢着讲：“若是我，准得很很地数说上你一顿，为甚么年轻轻地终天哭丧着，东想，西想，好，我明天也去问问二叔的意见。”

“好啊，你们倒是一个家族中的人，叔叔，哥哥会在一处了。‘家族’，你们还很信服这等魔术呀！”义修又唱起高调来。

“无聊！与一家人谈谈就是讲家族主义？为甚么你还听你父亲的命令回县中去娶个乡下女人？——别嘴上说得太快活了。都是在这个过渡时代胡混的一样人，少说些不负责任的话吧。”

巽甫敢用强制的口气责备义修，义修反而默然了。因为讲到婚姻，他另有所想。同时两只脚一来一回尽着向湿漉漉的船板上拖着踏。

“纪念着这一个晚间，你们！”

坚石低低地说出这句话，大家却没留心。

小船由密苇中撑出去，渐渐望见湖南岸明亮的灯光。向从来处看，那古旧的高出的建筑物已经消失在夜幕之中。

# 六

坚石失踪后的第三日。

头一个着急的是身木，他告了假四处寻找，一切朋友的地方都走遍了，甚至城厢的空闲所在，庙宇，山上，附近四乡的小学校中，然而都不见他的踪影。

这整个下午，身木在各处乱跑，无目的地搜寻，有甚么用处呢？知道白费，可是压不住他那份热心的跃动，仿佛如小说中的奇迹一般，希望能够突然在甚么地方碰到，如那一晚上电筒照到北极台的石阶上似的。……沿着北园的荷塘岸上走，阳光从西方射过来，反映着他的一头汗珠。上身的学生服搭在臂上，只穿着一件短袖的汗衫，脊背上湿透了一大片。一双帆布白鞋弄满了泥土。他吃过午饭后到现在已经出城去跑了四五个钟头。起初沿着铁道线来回跑，后来便在北关外的小市集与人家的菜圃，苇塘左右寻查。身木在这一群青年中年纪最轻，他有他自己的自信力。对于坚石突然失踪的事，他总以为他是在甚么地方放弃了厌恶的生命，曾经与巽甫谈过。那个工业学生摇头不信这年轻孩子的主张，因此身木就到处乱跑，希望找到一点点踪影可以证明自己的猜测。

经过了两天的努力，他自己也失望了！而且既是着急，又加上天气酷热，再这样下去一定会生病。他觉得十分疲倦了，知道自己的信念不可靠。实在只凭着个人的寻找也未免太傻。然而“他究竟怎么样了？”这个疑问得不到解答，自己觉得无论如何对不起学会中的一般人。虽然坚石是早与同人们的精神分化了，可是大家也能原谅他有一颗真诚的心，如今竟然不知去向，生与死也没个证据，自己与他是同族兄弟，平常又相处得来，如果从此找不到一点消息……

这心热的孩子想到这些事忍不住用搭在臂上衣袖抹抹眼角。

一弯水道与一片稻田，都浮现出一层雨后的新绿。在他左边，笔直的水道里杂生着些菱，荇一类的水草，间有几枝半落的荷花。靠近这片稻田是约有半亩大小的瓜地，当中有一架木棍与茅草搭成的看瓜棚。一个光膊的中年农人正在四面都无遮蔽的棚子下睡觉，赤铜般的胸膛被大蕉扇遮了一半。

静静的田间除掉柳枝被风舞动之外，独有树上的蝉声。没看到一个人影在这段画图中的城外小道上行走。

身木被这么幽静的风景打动了他的心事："也许坚石是个托尔斯泰的信仰者？他不是在城市中受了激刺跑回乡间去了吗？为甚么没先写信去乡下问问便如没头蝇子到处乱撞。也许？……"

在他幼稚的发现中立刻高兴起来！想赶快跑回城里，恰好在学会的例会中可以报告自己寻找坚石的努力，以及对于这新发现的进行办法。

再不管道旁有诗意的风景怎样使人沉醉，他从水边的小道转到进东门去的大路。

就是这一个晚间，他们在学会中起过一次最为剧烈的辩论。

本来这个黎明学会的组织已有过年余的历史。自从"五四运动"的呼声从北京叫起来，全国的青年界马上都十分热烈地去作游行，示威，开会，宣言种种的运动。这个地方距离那古旧的都城仅仅有十二小时的火车路程，所以响应得分外快。头一件事是学生会的成立，如点着火把到处照耀似地，把终天安安稳稳囚在教室中的青年完全引到了十字街头。国难的愤激与自我的觉悟合成一股波涛汹涌的潮流，到处泛滥。他们恨不得把全身的精力与整个的时间都用来，给这个新兴的运动添上一把火。于是在这个省城中的青年于演新剧，讲演，查货，出刊物的种种活动之外，便组织成这个学会。

受了各种新派杂志的影响，那些活动的，聪明的，富于自觉心的青年学生渐渐注意到思想方面。——一谈到思想，免不了哲学见解与政治趋向的连系。虽然在那个时候就是一般学识更高点的人们也是随手抓来的新思想。一个某某的主义与人生观，简直使许多求知欲的更年轻的青年到处抓寻暂时的立脚场。他们感觉没有讨论，没有批评，不能整齐他们的步调。学会的产生便是籍了研究，批判的精神使他们能分外有更坚固的团结，向“新的”路上走。

然而也因成立了这个学会，他们思想上的分野由模糊而渐渐明显。由于明显便常常有派别与信仰的争执。到后来已经发生了他们在组织时没曾预计到的分裂。

身木也是在这个学会中的一员，不过他究竟年轻，又是好玩的心盛，对于他们的争论自己觉得好笑。

“为甚么呢？老是中了中国人合不起手来的遗毒。平白地被这些新名词，——民族解放，德谟克来西，社会主义，过激派，自由主义给颠到疯了。你一堆，我一派，何苦！这不是耗费光阴的玩意？”

他才是中学三年级的学生，只知道年轻人都该努力爱国，打倒敌人，这是他简单的信念。没有更深刻的分析能够把他的思想引进政治上的斗争中去。他对于老佟的激烈话，与义修的感伤，坚石的消极态度，都不很了解。然而他那颗诚实热烈的心却没曾受过一点点的点染。不过因为过于天真了还够不上去了解为甚么年纪稍大的学生们对于政治上的主张那末起劲。

刚巧他到了那个书报流通处的时候，学会中的重要份子都来了，在后面的西屋里预备开会。

他因为一下午的疲倦与饥饿，到城里时先往府学街前面著名的学生饭馆去吃了两碗打卤面与几个油炸的漩饼。趁电灯还没亮，拖着酸痛的两只脚往学会的所在地去。

这一晚主席是巽甫当值。他一进去，看见这个薄头发，颧骨微高，态度常是镇静的工业学生方从长案的一端立起来说话。

身木轻轻地在墙角上找了一个坐位坐下来，一本拍纸簿由别人手里递过，他用铅笔签了名字。于是静听着主席的言论。

照例的话说过之后，接连着他们讨论国家主义与社会主义——中国应该走那条路。

在坐的有十几个，发言最多的却是那著名的角色老佟与别的主张激烈的学生。义修当着纪录，每每皱着眉头向下写，似乎他也有不少的议论，但为记述他人的话，使他没有时间宣布他的思想。两方各有主张。多半是从当时的杂志报纸中得来的理解。虽然不能有确切的界说与历史的根据，但是他们的热情十分蓬勃。青年前进的生气顿时在这个小会场里活动起来。

因为分辩的热烈，几乎每个会员都站起来说话。有的用手指在空中摆动，拳头在长案敲响，有的吃吃地几秒钟还说不到两句话，有的把许多名词连串着倒下来，使别人急切不容易完全了解他的主张。这又有什么关系呢？每个紧张的脸上一律油光光地映着天花板上下垂的电灯发亮，真像有切己利害的争执一般，都向辩论的对方满露出胜利者的进攻。

只有一丈多长六尺宽的小屋子，还是土地，地上许多纸屑。墙角上燃着一盘驱逐蚊子的盘香，烟力很重，加上十几个人的呼吸，屋子中全是浓重的气息。

身木原不很明白流行的政治论，他只听见许多名词在他们口舌中翻滚，甚么基尔特社会主义，无政府，十月革命，广义派，不抵抗主义，马克司，民本主义的精神合作，……等等名词。老佟——那个胖胖的，身躯微矮，有一对锐利眼光，大下颔的角色，每逢他一开口别人都聚精会神地坐着听。他说话声音不高，可是每个字都有分量，把主张放在一边，但论他的言语的魔力确非他人能够相比的。他又有一种特点，就是不论有甚么重要事件他一点都不慌急。永远是那张微笑而沈着的面孔，锐利的眼光，仿佛能穿透每个人的心胸。他虽然以学生代表的关系在各处活动，上海学生曾作代表的事都干过，与一时的人物，政客，都办过交涉，可从没曾吃过亏。第一层，他的言语的分量不容易让对手找到空隙。

这一晚的辩论他说的顶多，而且很能够看得出理论的斗争是他领导的一群占了胜利。连主席的巽甫虽然不肯主张甚么，也仿佛站在这一方面。其他的几位明明不赞同老佟的绝对地主张，以没有更好的理论，也没有事先的团结。义修原来是对政治的议论上没有甚么坚持，平日与失踪的坚石很谈得来。这晚上在讨论会中他十分孤立。

他用铅笔在记本上涂抹一阵，便偏过头来看看兀坐着不发一言的小同学。——身木，从厚厚的眼角下闪着苦笑。身木只觉得在这间九十几度的小屋子里周身出汗，有许多争论得很利害的话并没曾听见。惟有坚石的事，他想着与那一晚上同船回去的人研究研究，如何能够把他找回来？一阵烦躁，脸上烫热，汗珠从发梢上溜下。本来想赶快找个清凉地方喝一壶好茶，或是洗一个痛快澡，然而他是习惯于守时刻讲纪律的，他知道在团体生活里应该遵从大家的规则，不能一个人随便出入。

一直到九点一刻算是终结了这个学会中最激烈也是最后的对于政治主张的辩论。

“没有争论见不出真理。纵然我们所主张未必全对，能经过这次热烈的辩论，各人心里清楚得多了。往东走，往西走，都可随便。好在我们都是为的未来的新中国；走那条路没要紧，只要有信心便走着瞧。还得说一句，不怕论起理来脸红脖颈粗，我们可是朋友！谁也忘不了我们这个学会的历史！”

众人都站起来预备散会的时候，巽甫在长案的一端很激切地说了这几句煞尾话，接着是一阵热烈的掌声。

“话是这么说，主席，——巽甫，你要明白，未来的道路也许把朋友的私交隔断了？”义修把铅笔在纪录本子上划着些不规则的横行，这么说：

“在这个急变的时代，如果为了主张的分野，‘私交’算不了重大的事！”

老佟的话每每是郑重而含着锋芒。

义修若另有所感，低了头不做声。

身木也从墙角里跳起来，伸动两只微感麻木的脚，在土地上一起一落地练习着柔软操的步法，深深吐了一口气。随在巽甫与义修的后面走出了空气混浊的屋子。在会场中可没有提到坚石失踪事的机会。

义修的夏布长衫仍然轻飘飘地在前面走，一顶硬胎草帽捏在左手里，低下头没同任何人打招呼。老佟与五六个短装青年前前后后地出了书报流通处的玻璃门往大街上转去，还有人招呼巽甫同行。

“不，时候已经不早了，我还得与年轻的谈谈坚石的事。”

“坚石没回来吧？”老佟站住了，“你们瞎忙。他不傻，就是神经太脆弱了，受不住一点激刺。这也无怪，他究竟同我们不一路，你放心他死不了！”

老佟淡淡地说过这两句似乎不关心的话，随即转身走了。巽甫才得与身木并腿向北面的横街走去，追及在前面缓步的义修。

“他们与坚石也不错，怎么看去那末冷？”

身木有点不平地问话。

“不，他们现在的心也太忙了，你还看不出来？头一个是佟。其实他的断定不会错，我也曾对你说过，后来准能知道，现在上那里找他？”

“我又跑了一下午，腿都有点酸。”

“小弟弟，你真热心，你对得起坚石的大哥，你不用着急！……”

义修在前面有气无力地道：

“罢罢！甚么运动，组织，——学生运动我，我真也有点够味了！白忙了一个多年头，化费了光阴，为甚么来？早打散场早清爽。坚石死了不坏；活着藏起来也有意思，不是‘超人’，可也不落俗套，管他呢，如今自己连自己还管不了！——总之，我也得打打算盘。”

“来，诗人，你觉得你有高妙的见解，你不落俗套吧？”巽甫紧走一步拍着他的后背。

“俗也好，别致也好！简直弄得人头脑昏胀。在这样生活里要生神经病并不希奇，——我得有一个理想足以解脱我自己。”

“又一个要解脱的，甚么理想？文学家！你说我也学。”身木也追上这么一套质问的话。

“真是小弟弟！你不行，还得过几年，你是小孩子，不懂。”

“小孩子？你别不害臊，多吃了几年馒头居然装起正经来。”

“唉！你那套理想小弟弟不懂我可全懂！你说是不是？‘沈沦’呀再来一个‘沈沦’——苦闷的解脱，与对一切失望中的慰藉！我说，你与坚石不一样的性格，却也有一套的‘银灰色’。”

“你以为懂吗？还是一个‘不行！’你被定理与算学公式把脑子硬化了。你敢说了解‘沈沦？’那‘沈沦’中的人生的意义，是青年烦闷的真诚的表露。我是有过相当的经验。”

义修又低低地叹一口气。

“是呀你自然有经验。密司萧的情书大概可以开一个小小的展览会了？你便学着变成……”

“不！——不是开玩笑，你不说一句正经语，恋爱难道不是应该严肃看的事吗？你没有看过爱伦凯的恋爱论的学说？”

“严肃？办不到呢。我看你应该学学坚石，就是能够做到《红楼梦》的宝玉出家，也算得你是个严肃的恋爱者。”

“啊说起贾宝玉，我猜坚石还大概是真碰见了那一僧，一道，随着他们往大荒山去了！”

义修突然提了这句话却也引起了巽甫的回忆。

“开玩笑是玩笑，你这一猜倒有几分对。小弟弟你说不是当和尚去吗?”

“我不信他能当和尚！看不得他疯疯癫癫地念佛经，——当和尚，他会到那个庙里找师傅?不，明天我往南门外的山上去查一查。”

巽甫对着这性急的小弟弟看了一眼。

“幼稚，幼稚，你以为坚石他像你这么打算！出家便往城外的山上跑?”

“好了，出家的出家，跳火的跳火，磨铁杵的去磨铁杵，我看明白了‘东飞伯劳西飞燕’，也正应该如此！各人打各人的计划！巽甫，我看你倒与老佟有一手。你虽然口里不说心里有，你是怎么办，你说！这里没有人来做侦探。”

他们已经走到省议会前面的东墙根下，只有一个不亮的大电灯在木杆上孤立着。

“唔！我，……”以下的话巽甫没说出来。

“你也有点社会派的色彩我并不说不对，这是各人的见地也是各人的勇敢。我现在是有点来不及去活动政治的工作，也许，……”

“也许等你‘沈沦’完了的时候?”

巽甫居心避开被对手质问的本题，同他说笑话。

义修在心里真想着一重重的烦腻的事：坚石的失踪，

会中派别的分裂，都不能引起他多大的兴味，只是从渐渐地分离之中更感到一层说不出来的怅惘！不过他另有他自己受感的由来，所以对于巽甫的态度倒也不愿深问。

转过墙角到了中学寄宿舍的门口，与身木一前一后地叫开门走进去。

身木在门里时还向巽甫说：

“你住的隔我齐思叔的寓处近，你有工夫去看他，可以趁便把我找坚石的事告诉一句，到明天我得补习补习这三天的功课。嗳！……”

“你放心吧，我想齐思能了解坚石这回事。”

# 七

巽甫自从坚石走失之后，他与老佟那几个青年拉拢的更近了。虽然忙于学校中的实验与绘图的工作，但是一放下那些书本，器具，他即时想到未来中国的许多问题，本来他的伯父从他十岁左右把他当自己的孩子抚养着，好容易入了专门学校，盼望他毕业以后能够由所学的本领上找点小事情，作一个职业的市民。想不到这一股新潮流把一般聪明的青年全冲动了。巽甫是一个热烈的份子，对于家庭，自己的职业社会的批评他都不想，只是凭着自己的身，手，脑子向前跃进：要为自己，却也为大家打开一条血路。

他原是黎明学会的主要发起人，与走失的坚石一样。然而经过两个年头的变移，那不可避免的分裂居然来了。但在巽甫见解中那不是值得悲观的事，他相信这倒是青年人思想进步的好现象。大家不是老在一个炫耀的“新”字招牌底下盲目地乱说乱干。思想愈加分析，愈能深入。例如坚石，因受不了种种刺激只身跑了，别的朋友们总说坚石是意志薄弱，不能有点担当，巽甫却不肯这样说。他以为能够如此，便是坚石的忠实，也是他个性的表现。比起那些口头上虽是硬朗，而行为上不一致的学生好得多，虽然都像坚石的走绝路也是要不得。

暑假来了。

照例地三等火车上的人数分外拥挤，男的，女的，都带着一片的欢喜心往家中走。许多学生界的活动都停止了，怎样热心的青年也不免为回家的心思打动。本来他们都是由乡下来的，那家族的念头就如一张不清晰的渔网把他们捕捉住，尽管是高唱着吃人礼教与打破家族观念的新口号，而事实上他们一天不把乡下寄来的钱在这个大城里化费，就一天也没法过活下去。

巽甫也是把忙碌身子在这次火车中载回乡下去的一个，同行还有两个人，却不是学生。因为自从那个学会有了最后的分裂之后，老佟，金刚，还有别的思想激进的青年，他们都趁着这个长期的暑假另作活动去了，身木决定住在省城中不回家，义修同人往泰山旅行去，所以在这一群常常聚会的朋友中独有他自己跑回乡下。

恰好一个在远处给人家教馆的贡生先生，与在省城中作报馆记者的坚石与身木的族间人同行，巽甫并不感到寂寞。

三等车中有种种的人间像，这里不比头二等的清静与单调。一群肮脏的乡下孩子，三五个由关外回家的“老客”，缠脚的妇女，负贩的小商人，……香烟尾巴，西瓜皮，唾沫，苍蝇，都是不能少的点缀。汗臭的味道人人有，也是人人闻得到，时候久了，反而觉不出有甚么异样。

一站一站的停住，汽笛叫喊，车外叫卖者的奔跑，车道两旁飞退的树影，与田野中如绿海似的高粱与谷子，巽甫听惯了，看惯了，倒没有什么感想。一个很沈重的问题横在胸中使他很迟疑，没有解决。

“与他们一同行动呢？还是不理？……”

他们是指着老佟那般人想的。自从学会分散后，有点政治理想的青年虽然是中学生已经有了派别不同的结合，巽甫在起初原想只研究与口头上的讨论，但是从事实上证明了这是他个人的空想。如果把政治问题在文化运动的范围中撇开不论，或者如同义修那样的无暇及此，也就罢了，否则但凭无头绪的寻思与口舌上的快意，干甚么用？平常他已经被好多人指说是与老佟那般人一路，他却明白自己，他是有果敢而慎重的性格的，他不肯随声附和；却也不能立刻决断。抛不开政治上的观念。又缺乏老佟那般人不瞻前不顾后的硬劲。

因此他这个徘徊岐路的时期中，感到了另一样的郁闷！

虽然看不起意志薄弱的坚石与自己陶醉的义修，然而就这么混下去，自己比人家优胜的地方在那里呢？

他的额上一颗颗汗珠往下滴，却不止是为了天热的缘故。

他想：“这个暑期在乡下混过去，回去呢？明年卒业之后呢？难道这个大时代中就凑数喊几声，跑跑龙套，算是对得自己与社会吗？”

“唉！巽甫，你看这一片瓜地，真肥！”说这句话的是坐在巽甫对面的老贡生李安愚。

“……是，……是，安大哥，这回在瓜地里就地找瓜吃，多快活！”

“还是乡间的风味好呀！老大，你小时候应试也读过范成大的田家诗：‘才了蚕桑又插田’，味道多厚！荷锄种豆，驱车东皋，嗳！说这些话怕是你们年轻的不理会。我不管人家爱听不爱听，总之，现在的学生还不是那一套？……科学是有力量的，应该好好地学！你别瞧我现在！当年我也曾入过清末的师范学堂。……更不成了，我从北京来，乌烟瘴气！青年人血气要有，可不要错用了。这两年就一个字，‘新！’新到那里去？等着！难道中国的旧东西一件也要不得？”

他有五十岁了，胖胖的脸膛，说话急时不免有点吃吃的，然而一付忠厚和平的面像与直爽的性情，无论是老年人少年人都爱同他谈论。他本来与巽甫的伯父很要好，又是清末时同过考场的乡里，因此他对于巽甫向来是以老大哥自居的。论起世谊来，他与巽甫同辈，所以巽甫还叫他一声安大哥。

“再说吧，现今不是甚么都讲究‘新’吗？可是新也有点界限。从庚子以后讲维新，不完事！究竟要新到那一天？从改八股为策论；从停科到举办学堂：从留前海发到剪发，——到女的也不要头发。新？令人不懂，难道新的就没个止境？……”老贡生本来是要赞美乡间的趣味，却因为对面是这位好新的学生，不自觉地把话引到“新”的争论上了。

“且慢！愚老，你难道没念过‘苟日新，又日新，日日新’的古经训吗？”

坐在木凳那一端的报馆记者，飞轩，用不干净的手帕一边擦着眼镜一边很洒脱地这么说。

“不错，日新又日新，新是该没有止境的！不过你可要明白，天天新便是天天向好处走；一天的新便是一天的改进就是‘善’，所以才无止境。……从清末新到现在，能当得起那三个‘新’字？”

“这个。……”

“饰辞便是不真，便是强辩。”老大哥的语锋往对方掠入。

“不，愚老，你错会了。你的话不明白。甚么善呀，甚么新，还有不同的解释？这有点不伦不类，笼统得很!”

安愚把手中的短旱烟管拿住向左胁下一夹，嘅然道：

“我说你还是回到报馆去吃你的剪刀浆糊饭去吧。你觉得比我小八岁，我看不必。你不要打出你那在北京入老学堂的架子来，那早已是另一个时代了。你那份‘新’，带蓝眼镜，穿白竹布大褂，留小头发。……你那一份同我一样不合时。像巽甫，……你明白？这时候是人家的世界了！不够格，你与我难道不一样？”

安愚老年的愤慨劲真还同他在师范学堂时为首领导一般学生去质问监督的时候差不多。他这点火气不退，许多人称他做“老少年”，一点不冤枉他。

可是与他当年同在中学堂读过一年中学教科书，与盘起大辫子上德国操的飞轩，用手捋着留了三年的下胡，摇摇头。

“不一样？愚老，不一样啊！你还是作一个‘鼓腹击壤’的太平民吧！我究竟比你年轻。……”

他的话还没说下去，安愚脸色突然红起来，向他白瞪了一眼。

“年轻！——自己说，我看不必强向多年人队里去插脚，到头弄成个四不像。这是你的脾气，——好奇之故!”

“所以我说你不懂。头一件为甚么叫年龄限住了自己？中国人未老先衰，……还得先学上一份先衰的神气，真真何苦！”

飞轩捺着胡子悠然地也在嘅叹了。

老贡生摇摇头；“好啊，看你这个‘镟床’的口镟到那一天？”

这个名词却引起了久不说话的巽甫的疑问。

“‘镟床’是甚么意思？安大哥。”

老贡生被这一问，记起旧事，顿时将脸上紧张的情绪变为松散了。两个有深深皱纹的嘴角往下垂去，接着闪出青年时愉快的微笑。

“来了，来了，‘天宝宫人’了！说这，无怪你不懂，嗳！快呀！时光的急流真同电驶的一般‘镟床’这是大家共同送给飞干——他的别号，可是很公平。那时在一个班上的学生，谁也得分一个别号，俗不伤雅。如今想起来如同做梦了。你明白‘镟床’是干甚么用的，意思是他的口太坏了，谁也得被‘镟’。……还有一个意思，他太不在乎，到处‘镟’人，还不止是口说。……想想看，是不是，飞干？你那时是十九，我已经进学了，大约是二十六七岁。巽甫，我也是老学生了。……”

这位久经世变的老学生说起当年在那个读五经，作札记，穿缎靴，上体操班的学校的生活来，却真纯地感到年青的欢喜，谈到那些事，他仿佛把年纪退回去二十年。

说到老学生的学生生活，引起了他的许多记忆。

“一个时代是一个时代。巽甫，我不是十分拘执的人，我还懂这一点，天生是‘后浪推前浪’。像我也是时代后头的人了，再没有别的本事与好见解，可是我有我的信念。旧的，老实说，也有不少的毛病，而倒果为因，把一切的坏事都望旧的一个字上推，难道就是公平？我想你回乡去同你家二伯谈谈，大约与我所说的一个样。天生的人，青年，中年，老年，大家还不是顺着年纪向上挨！有几个老年还有少年心，不是？现在你不会信我的话，等着瞧，再过二十年吧！嗳！

“我不赞成过分的迂执，可是我十分厌恶那些居心好奇自以为是新名士派？”

这句话显然是对于飞轩挑战的讥讽。

“好！”飞轩从衣袋里掏出一个蜜枣放在嘴里咀嚼着，毫不在乎地回复这位老同学的话。

“愚老，你又何必干生闷气！你说这个时代不属于咱们的，这个‘咱’字未免说得太宽泛一点。”

“天地之大，无所不包！……”

那时巽甫在一旁哈哈地笑了，老贡生自己也忍不住把嘴唇抿起来。于是他们这一场争论暂告结束，题目便另换了一个。

这时火车已经在一个中等站上停住，站房的墙上映出两个黑字是“夏镇”，老贡生看见东厢外有不少卖瓜片的小贩，他便指点着道：

“有一年，——说来是道地的老话了，有一年我往北京去，那时津浦路刚刚开工，从咱那边去，一千多里，仍然是坐骡车跑旱道。与你家二伯搭伴同行，一直过了德州，赶入直隶地界。是秋初，忽然来了一场暴雨，在官道上淋得像水鸡一样，两辆车子奔不上宿站。黑天以后，迷迷忽忽地找到一个几十家人家的小村子，借了两间空着的仓房过了一夜。——那夜雨住了，房主人是个三十岁左右的念书人，叫长工送了六七个三白瓜给我们解喝。……我常记得清楚：吃瓜，吃那样色，香味，俱好的瓜，在小村中不足奇；却想不到那个穿粗夏布赤脚的房主人居然同我谈了许多事，最奇怪的是他居然曾经看过《时务报》!”

“罢呀，你尽是见骆驼说马背肿那一套，难道小乡村便没有看新书的人吗?”

安大哥对飞轩的谗语不答复，却继续说他的意见：

“我不是认为那算出奇的事，因为瓜，使我记起了这个真实的经验。从那时起我便明白了由文字上传播文化的势力。所以现在许多青年人办杂志，发议论，我觉得并不是坏事，说‘洪水猛兽’那太过分了，总之，‘不激不流，不止不行，’这一股邪劲发泄得大了，却不容易善后呢！——别忙，我所说的邪劲就是猛劲，你别错会了意思。”

“中道也，中道也！世界上都像你便大可以提倡中道哲学了。”

飞轩与安大哥一路上老是这么互相讥讽着。

然而坐在周围的那些男女听着他们说些难懂的话，都不免向他们多看两眼。

# 八

这一晚上他们同住在一个小县城外的旅店里。

本来住的家乡，巽甫与安大哥，报馆记者，相隔只有四五里地。便预先雇妥一辆农家的车子，想趁早凉启行，好早早走完这六十里地的旱道。

虽是县城，又是火车站所在的地方，然而那古老式的店房仍然保持着五十年前的风味。不过把豆油灯换成有玻璃罩的煤油坐灯，瓦面盆换成了珐琅的。除掉这两项之外，土坑，草席，白木小桌，土地，臭虫，真正如轰雷似的蚊子件件都全。

他们下车的时候很早，车站外有一群新兵正在空地上学徒手操。三五个赤背的小孩热心地练习打瓦的游戏。夕阳在古旧的城墙上反射出落漠的淡光，一点风丝飏不起来，只有柳林中的知了争个嘶叫。

旅店中有很大的一片空地，一列草棚，棚里面堆着很高的杂粮，豆油等的麻袋，竹篓。院子中拴了几只骡，马，有一堆堆的马粪。墙角上有一段土墙半遮的厕所。

天气太热了，屋子中正在用艾叶生火，将蚊子烘出，烟气满房。非过一个小时进不去。于是巽甫与同行的两位只好在门外的石条上闲坐。

这石条也是他们的聚桌，一壶白干，几碗大肉面条，与两盘粗糙的炒菜，他们好快意地吃下去。

巽甫在这一晚上喝的酒特别多。

安大哥虽然年纪大些，可是自从幼年家道穷困，倒能锻炼出一个强健的身体，走路，说话，与二十左右的青年没有甚么差异。辛亥革命的那一年，正蹲在北京，按着资格应分有一个小小官佐的补缺，而这一点点的希望被武昌的炮声打成粉碎。好在他原是寒士出身，并不十分懊丧。入了民国以后，他做过几年的局所小职员，究竟是文字与出身还能在那个社会里有存在的可能，他的生活不是没有出路。

他虽没有甚么遗老的想头，而时代的变迁那末迅速，自己只是感到对于许多青年还能作相当的称赞，而差不多的事情他是认为过激了。

在石条凳上吃过晚饭，问店家要了一壶浓茶，他们便东扯西拉地闲谈。在闲谈中，安大哥方提起了坚石走失的消息。

同在一个村子中居住，他与坚石故世的父亲小时候还有两年同学之谊，平日对于坚石的兄弟们格外关切。

及至大家谈起这段突如其来的怪事，他便站起来，用手拍着大腿道：

“这怎么好，这怎么好，不是新学说把他害了！新学说！……”

“不，新学说总是提倡青年人要走新路，没有劝人偷跑，也没有劝人自杀或是隐逃的。”巽甫的回答。

“只知其一，不知其二，新路是一下就走得通吗？把小孩子们的感情给煽动了，没处发泄，说不上怎么办好，怪不得在北京有男女学生自缢而死，或者从家庭中走失了的。我还当是报纸上居心造谣，坚石也是这么办，怎么了，他家里知道不？你该……”

末后的两个字对着斜躺在席子上的飞轩说的。

“知道是知道了，毫无下落。坚石，不行！从去年我看他就有些受不住。有一天他从南京回来见我，说话便有些颠倒了。”

“他往南京去做甚么？”安大哥重复蹲下去，鼻息咻咻地。

“上南京做甚么？谁知道，巽甫，你说。”飞轩不在意地吸着黄烟。

“我说，飞轩你这不近人情的怪物，你还是坚石的堂叔。……”

“又来了！”飞轩把有异味的赤足向空中舞动。“怎么？连他的亲哥哥都不得一个信，你却拿出这大道理来责备我。明明说是另一个时代，另一个时代！人心大变的节股眼。你不去想，只会责罚。唉！责罚早范围不住年轻人的心了。”

巽甫这时才得插言的机会，便将在省城时坚石走失前的态度约略述了一遍。

听了坚石从青年的团体中看佛经那一段，却给安大哥以很大的感触。他郑重地说：

“原来是这么样，看不的他年轻，倒有点灵机，如果是当和尚去了，虽然对家中人说不过去，可是有点道理。”

“有道理？”巽甫听见这位老大哥也这么说，却分外惊奇了。

“有道理，第一这怕是有遗传的关系。巽甫，你不记得坚石兄弟的爹吧？”

“不是人家都叫他小才子吗？我只见过一面，不很知道。”

他爸是个心性高傲的书呆子，才气很好，却又过于心窄。几乎一句话不肯多说，不是狂士，也不是达人。有时他又干些怪事，就一件事倒能看出他的为人来。……辛亥革命的那年冬天，我们那几县也在动摇了，虽然北方还在清政府的势力之下，其实是时机到了，人心再稳不住。不知怎的在我们那一带的乡村中居然发起了一个万民会，是为革命吗？说不出，是为‘替天行道’吗？也没人敢明白说。然而我记得那些人拣了日子在一个古庙前开大会。你说怪不怪？头一个上去演说的是他，是坚石的爹。你想，他那末谨慎的人却敢在那个时候说话。及至真正民军到了，县城独立，清兵破城，闹得残破不堪，你说怎么样？那小才子却没曾露头。……我常说，凭一时的激动干去，又受不了，日后总有反复。所以我认为坚石多少有他爹的性格。”

“也许是。……”巽甫因为不知道这段事只好含糊地应答。

“嗳！这个时代更不能与以前的时代相比，麻醉，损伤，把许多青年人都颠倒坏了。”

巽甫明白这位安大哥另有所见，年龄与思想不一致是没法用言语来争论的。就是那较为年轻的飞轩虽然也是好谈谈文化问题，然而他那份古怪的性格与自己也合不来，所以便不再多话。

望望天空中的星河，——那若隐若现的淡淡的银光。像堆起一叠叠的棉絮。隔着银河的两个星，记得是在六七岁时听祖母说的织女，牛郎。怎么牛背上驼着金手，怎么织女会打断了织布的梭头，又怎么七月七多情的乌鸦去为这一对痴怨的男女搭起桥梁来，使他们见面。……难得有这样闲暇心思去想那些旧事。美丽的童话使每个小孩子发展他的高速的想像力，然而一转念到未来的生活，即时觉得脸上出火。

“是这末又穷又乱的老社会，停滞在次殖民地的时代中的多难的人民。是一个民族复兴的时机！‘我是少年！’难道就如同一般无力量的人眼看着这末委顿下去？能够忍心抛弃了一切吗？”

他预备这回到乡下去趁工夫得好好地计划一回，怎么样？未来的出路？被坚石突然的出走反而引起了自己的不安。

“你留心，艾火一烘居然听不到嗡嗡作声讨人嫌的蚊虫了！”

飞轩这句话说得很得意。

“谁是讨嫌的蚊虫？”安大哥在暗中掷过来一句报复似的问话。

“我算做一个吧！老安。”

“讨嫌，还得够资格啦！你不信再过十年，人家会把讨嫌的资格也忘了你，到那时你会记起我的话。”

“有理，有理，但是君子要有‘计其谊不谋其功’的想法。”

“你想是那样的君子？”

“哈哈！谁敢说！永远是那样的人，我便拜他为师。安大哥，飞轩，你们说着好玩，可也了解一个时代青年的苦痛！……”巽甫这句话算给两位老同学解了纷争，然而他们都没有回答。

直到这两位老同学到闷热的屋子去安歇之后，巽甫还是一个在院子中乘凉。他躺在席子上，用大扇子扑着蚊虫，冥想着青年界的复杂情形。暗里听见拴在另一个角落里的几匹驼重的骡，马，用铁蹄抓地的声响。偶然从毛厕的墙根下闪过一两个萤火，如空中的流星迅速地闪光，一会又没入黑暗。

他想："这场轰轰烈烈的学生运动怕不同一闪两闪的萤火一样？能够放射着永不磨灭的光辉吗？这真的是中国的文艺复兴吗？他本来是很有信心的，抱着乐观的，但自从学会分裂之后也觉得心理上有一种难于对人解说的动摇。再一想，那末样包罗万有，盲目着说是向新路上走的学会，干吗用？变则通，也许这个分裂可以显出各个分子的自由活动。

"大约似太空中的星云迸裂吧？一定有的是成了运行自如光辉灿烂的行星；有的成了时隐时现抛尾巴的扫帚星；有的是一闪即灭的流星；有的简直是陨石吧？未来，未来，这难于猜测的未来！青年人与多难的中国合演出种种样的戏剧。……未来，不是容易度得过呀！……所以坚石先走了这一途？如果每个青年都像他一样，不行，未来的中国应该拿在眼前的一般青年手里。革新，创造，每个青年都应当把担子担起来！

"无论如何，……宁叫时代辜负了自己，不叫自己辜负了时代！……"

末后他想出了这两句自己的断语，却高兴得从草席子上跳起来，想着马上写一封信寄去，好叫他们那般人明白自己不是弱虫。然而一时没有笔墨，屋子中太热，又不便去燃灯，便在席子上来回走，充满了一腔的欢喜，去安排自己在暑假后的生活方法。他正如一个迷信宗教的老人，忽然在不经意中看见了灵光一样。那是生命的象征，活力的泉源，从此后觉得自己的身，心，意念与一切都有了倚靠，找到了根本，不至吊在空中，虚荡荡地不知怎样才好。

虽然是颇热的中夏之夜，巽甫反而感到心里的清爽，由自己的心理推想到苦闷了几个月的坚石："大约在出走前他也一定经过自己判定的一种境界。情愿他从此也有了倚靠，也找到了根本，只是不要吊在半空中无着落！"然而转一个念头，自己为坚石圆解的思想要不的！思想如果可以两端都执着起来，这怕是人生失败的由来吧。

他觉得额上微微有汗，望望那堆银似的星河已经斜过来了，满天的星星似乎都大睁了眼睛对自己看。

在暗中他苦笑着。

# 九

场圆中堆满了麦秸垛，播余的麦粒，引来不少的家雀在光滑的土地上争着啄食。这一年的春太深了，直到快放暑假的时候才割完麦子。都市中歇夏的时季，乡间却辛苦忙劳的正起劲。真的，如同过年一样，乡间人抱着一片欢喜心与希望心，拼命地要争忙过这几十天获麦，播场，拔去麦根，耕地，种秋粮，田地里只种一季粮食的便光了背在小苗子的绿林中锄去恶草，掘动土块。

照例，巽甫也起得很早，用冷水擦脸后便跑到门外的麦场上闲逛。麦子是已经放在仓囤中了，场圆中却还有活，他家的雇工，把头，正领了两个短工在做零活，捆麦根，预备秋天出卖。

场圆很大是几家分用的，不过是巽甫家的地基。原来收拾出这么一片平平的圆圆的土场也得费相当的人工，时间。先将土块打平，用石碌碾压，压一遍洒一次水，水干了再来压一遍。这不是三天五天打得成的。在乡下，农夫们虽不知道种地还用机器这回事，一切都靠住身体的力气，有耐心，不怕苦，不躲避麻烦。打场围便是一个例子。如果用新式机器，不用提那会用不到这原始的播麦方法，即要打平一块土地也是十分容易的事。

将近一亩大的场圆在这不到一百户人家的小村子中已有长久的历史了。虽然年年得碾压多少回，因为有了强固平正的底子，用不到十分费力。说是为农事用的场圆，也是村中的公共聚会娱乐的地点。

因为这几天还是下泊去忙的人多，清早上场围中除掉巽甫与三个雇工之外还没有别人。

巽甫自从回到乡下以来，他也想着尽尽力量给家中帮一点农忙。可是无从下手。种一亩豆子要几个工夫，下一升种粮加多少肥料，自然他不能计算，就是镢，叉，犁，锄，怎么用，怎么拿，也毫无所知。尽他自己的能力只能坐着看。在地边上，在场围中，坐下如同一个“稻草人”，那便是他的职务，虽然劳动的趣味不能分享，汗珠却照样一颗颗地往下滴，可是有点发急，并不是由劳力而滴出的汗滴。男人，女人，小孩子，都起劲地分忙，老呆坐在一边如同塑像，不好意思，有时跑去用笨力气，一斗粮粒驼不到肩膀上去，叉半小时的麦根便喘不过气来，两双手有几百斤重，只好蹲在麦根前面抖颤，惹得小孩们嘻嘻地笑。

落漠的心情包围住他的全身，有时很后悔不趁这个暑假去读书，旅行，或者作甚么活动，却跑到乡下来与一般人没法合手，看看家中人，自有了白发的伯父与才八岁的侄子都为土地那么忙，自己又忍心不下。有那两个雇工替他解说道：

“大少爷，念书人，应该不懂庄田的事呀。你忙甚么！”

“对！我知道大少爷的老辈里都是做官的，谁能下地。——不过从这两辈子搬到乡间来住，学种地，怎么会对劲。”

“洋学堂毕了业也一样有做官，考取功名。等着，过几年少爷发迹了，咱都沾点光不是？”

他听见这些好话如同利锥一样向耳朵中扎去，恨不得大家都不理他。然而这几个多年的雇工对于他却是怀着很高大的希望，是捧着心对他说。他又怎么去辨解哩。说理是一时说不清，自己的思想只好对那些新字牌的青年高谈，阔论，在这里只有土地，工夫，气力，粗笨的嘲笑，汗滴，火热的太阳，此外甚么都不容易找到。

他的话要对谁说？他的微弱的力量在这里没了用武之地。

太阳刚刚由东方的淡云堆中露出快活欢笑的圆脸，场围下的苇塘中许多小植物多刺的圆叶子上托着露珠还没曾晒干。蛙声在这时叫的没劲，间或有一两声，马上止了。小道旁一行大柳树，那些倒垂的柔枝，风不大也轻轻地舞动。偶然走过一辆空车子，便听见小孩子在车子前面呼叱着大牛的啦啦的叫声。天空虽是有几片云彩，从强烈的阳光看来，这一天一定是热，说不上还有雨。这句话是巽甫家的老把头一出门时从经验中得来的天气预报，巽甫在屋门前洗脸的时候听明白了。

他沿着场围边向小道上走，一眼便可望到毫无遮蔽的郊野。本来他家所在的村子便立在郊野中间，一出门是田地，小松树林子。惟有西南方从高高的地上翻起一道土岭，愈来愈高，在丛树之中拥起了一个山头。映着日光看的很清晰，那道土岭上的农植物疏疏落落地不茂盛，沙土是褐红色，有许多小石块在远处发亮。

相传这座小小的土山是有历史的遗迹的，那里曾经鏖战，那里曾经追逐"名王"，然而现在却常常成了土匪的聚会处。

巽甫也学着乡间人，趿了一双草鞋，敞开小衫的对襟，在场围边上游逛顺了低坡下去，淤泥一堆堆地被灼热的日光晒成硬块。旁边几簇短草秀出带种子的毛绒，一个小小的生物轻轻地跳动。巽甫蹲下身子去详细看，原来是蜘蛛网上粘住了一个螳螂。蛛网的丝从老槐树根下扯到几尺高的青草上，预备捕捉水畔的飞虫。螳螂不大，像是出生不久，不知怎么便落到网的中央。究竟它不是蚊子与飞虫那末小，容易粘住，然而它愈用力挣扎，便被柔细的蛛丝裹得愈多。蛛网的图案式的中心固然是搅破了，可是那刀割不断的细丝有令人想不到的吸力。那个颇为活跃的小动物虽然有向后看的一双灵活的眼睛，有锯齿一般的刀腿，一遇见这么软的，这么富有粘性的蛛网，便不容易打出去了。巽甫沿了那根悬丝再往下看，果然有一个比拇指还大的蜘蛛在树根上伏着不动，静候着它的俘虏的降服。约摸过了一刻钟，那个看似很有精力的小螳螂已经被网丝缠得太紧了，薄碧的翅膀，圆活的长脖项，都不能再有活动的余力，只是两只锯齿形的前腿还尽在柔丝中挣扎。然而这是时机了，久在下面待时而来的蜘蛛，沿着长丝迅速地向上跑来，隔着螳螂不过有二寸多远，它轻轻地漂在网络中间，不向前进。那个被粘缚住的小东西也看明了自己要被这丑恶的奸敌吞没了，可是它更奋起最后的力量作一次的争斗。

巽甫看了多时，引动他的不平，想折一枝芦席来把蜘网搅碎，可以救了螳螂，吓走了蜘蛛。正当他立起身来，忽然身后有一声问话：

“巽，你蹲在那里看甚么?”

回头看，正是他的伯父提着一支槲木手杖从场围上踱过来。

虽然年纪快六十岁了，眼光却好，向下看看，这瘦瘦的老人不禁笑了：“多大了，还看小孩子的玩意。来，……来，上来我有话告诉你，家里有封信是从城里一个相熟的字号转寄来的。”

巽甫就势跳上岸来，来不及去给那个最后努力的小动物解围，便在伯父的身后跟着走。

“巽，你到家这几天，我没有工夫同你说话。可是我这么年纪了，自己又缺少男孩子，这两家的将来……”

伯父似乎在低沈的呼吸中微微地叹了口气，同时把沈重的手杖在平平的土地上拄一下。这句话似是突如其来的，然而巽甫自从回家以后却早早防备着伯父一定要对自己说一番大道理，幸亏农忙，伯父又病了两天，没得工夫说。看光景，这位心思深长的老人对于自己早存了一份忧郁的心思，那顿数说是不能逃避的，果然这个大清早上开始了。

“不是，嗳！不是？‘四体不勤，五谷不分，’嗳！我活了大半辈，还不过落得实际上只做到了这两句古语？从爷爷下乡种地以来，能勤，能俭，算是成了一份人家。……说来也是不幸，从我这一辈里又开头读书，以及你，……”

巽甫懂得这是老人家要数说的长篇的引子，他一步步地挨着在麦秸堆旁边走。……老人把引子说过，要解释甚么，他可以猜个大概，不自觉地连嘴角上都粘住汗珠，心有点跳。仿佛是群众开大会时轮到自己大声演说的关头，可不及那个时候心里来得畅快。

两个短工在一旁蹲着吸旱烟，他们从清早起已经接连干了两个钟头的软活，正在休息着等候早饭。一个是光头，那个更年轻的还在黑脖子上拖着一把长发，用青绳扎住，是剪过了发再把留起来的样。

“大爷好！下泊去看活来？”光头的汉子在地上扣着烟锅，毫无表情的一对大眼在这爷俩身上钉住。

“饭还没送来？今早上是芸豆肉，单饼。”老主人且不回答那汉子的问话，他另来一个暗示。

“好饭！掌柜的，叫你这一说我的肚子要唱小曲了。”长发的年轻人说。

“到您家来出工夫，饭食好，大爷，您家的工夫好叫。”

文弱的老人笑了：“好不好？天天三顿酒，肉，可不支工钱，行吗？”

“嗯！……”那个黑汉子再把烟锅扣两下，用嘴唇试吹吹有没有余烬。

“嗯！……‘人为财死，鸟为食亡，’叫我看，人和鸟差不多。我是一个，天天有大酒大肉的吃，喝，行！不支工钱，行！大爷，你先与我打一年合同。……”

主人笑了，那个长发的年轻短工笑得更利害。

“好，试三天工再说。”老人结束了与短工们的谈话，一边领着巽甫向开了一大片木槿花的自家的门外菜园中走去。

“你看，‘不识不知，顺帝之则，’多好！这些天真的乡下孩子。”这话是羡慕还是对侄子的警戒？说不定。

巽甫却忍不住议论起来。

“伯伯，难道还是五十年以前的乡下？他们纵使是无知无识，而外来的逼迫眼看着要立脚不住，怕事实不见得能够乐观。……”

“不错，这我也多少明白。我不是傻子。……但世界上独有他们还真实，还能给中国人留一点真气。……管他是甚么做官为宦的，念书的，有多少好人？……你记得我在清末与民国初年也做过两任，不瞒良心说，有法干？好人也得拖到浑水里，苦不堪言？……”

伯父这时已经把粗手杖横放在篱笆上面，坐下来，藉着从菜园中掘出的干土作了坐垫。巽甫一心记挂着那封来信，想着即时取来看，然而伯父却从容不迫像有好多话要说，便不好急躁，索性也坐在前面。

“我得同你讲讲，明年你应当毕业了！……完全由我来供给，不管是我弄来的钱还是典卖的土地，你二十二岁了，我得问你！……听说你也是干甚么学生运动的一个？…… 我不懂，可也看报，明白这是种甚么事。……你说就那样开会，示威，青年造反，会把中国强盛过来？你们便会找到饭门？……常谈啊，腐败话啊，料想你能答复我！可是人不小了，连自己的未来还不睁开眼看看，还没有一点把握，难道我可跟你一辈子，给你们作后站粮台？……你说，你想怎么样？你愿意怎么样？无妨，我没有限制，你可随心说，试试看。……”

“但是你别来坚石那一套，我早知道了，那是疯狂，算不得对自己有甚么计划。”

这细眼睛短须的瘦削老人又加说上这么两句，便紧瞅着他的侄子等待回话。

只是预备着老人的责怨，巽甫早打定主意听，不必分辩。想不到这有丰富经验的老人却给他出了题目，要他立时回答。“对，得有自己的计划，快毕业了，又碰着这个时代，不用老人问，自己应该也有预备！”

然而凭甚么来说，仿佛在平日自己是如同一只森林外的飞鸟，瞧着高天，无边的大地，在美丽的阳光中翱翔，却没预备到怎样去寻找食物，又不知那片黑压压的森林里是否还有自己的窠巢？是否还得防备阴暗中的危险？

然而终有暴风雨突来的一天。

怎么办？向那里走？——向那里去找寻食品？与，……现在自己仿佛便是那只鸟，虽然还在轻轻的飞翔，可是已感到翅膀下须要渐渐添加气力了。

“自然是得找职业，…… 升学也不必了！”

明明是勉强说出来的敷衍话，自己先感到是文不对题。在省城的学生会中的朋友们所谈论的那些话一句也无从说起。即使能说，在各一个时代中的伯父一定会有另一样的辩驳，毫无益处。他与坚石，身木一样是“耕读人家”出身的学生，与他们同时代中多数的青年学生的出身一样。一方是向往着黎明时的曙光，一方却又不容易在平空中创造出崭新的生活，凭了意气也在这个巨浪中翻滚，然而总免不了拖泥带水，难得的是独往独来。

巽甫的心思算得上是缜密，坚定，却是不易决定，这种地方他自信不及身木，也不像坚石。

“明白，谁也会说。怎么说，要紧处我是问你对于这个时代，——就是这个翻覆无常的时代，你想你本身要怎么办?”

伯父不会说那些应时的新名词，而意义却很显然。

“我想，我应该作一个现代的青年!”巽甫觉得有了申诉的机会，那种人人俱说的时代口语便在老人的面前呈献了。

“好一个现代的青年！怎么才像样？我不敢说懂，你可以把这句话加以解释。”老人若真若讽地追问。

巽甫又出了一头汗，下面的话：“要有清晰的头脑，科学的精神，确当的见解，勇气，求知，救国，解放，奋斗。”那一串的名词已经迸到唇边了，又咽下去。

看看正在沈思的伯父，忧郁的瘦脸上刻着辛劳的面纹，两只皮松下陷血管很粗的手背互相按摩着，他的话又不想说了。恰好自己的目光与老人的目光透到一处，一瞬的注视他们都像看透了彼此的心思。——老年人与青年人不能没灭的自然的阻隔。

伯父闷闷地吐一口气，巽甫却低下头去，舌根有点发干。

这真成了僵局！伯父现在不急迫着向他追问了，巽甫满肚皮的道理不知是怎么说才合适。彼此在沈默中各能了解，然而隔得太远了，也真感到彼此都有难言的苦痛！又在一部分生活中关连得太切近，使这个饱经世故的老人与生气勃勃的新青年都不肯在当面把话讲得没法收拾。

在几十步外的那三个雇工正在吃早饭，听不清他们说甚么话，遥望着他们高兴的神气，与菜园旁这一家的老少主人的苦闷恰成对照。

"'自家一个身心尚不能整理，论甚政治！'……嗳！……"

半晌，老人引用了这句话，像是做一篇难于说理的文字的取譬，又像是对于谈话的对手的总评语。

巽甫听见这句有刺的话，知道老人是在引经据典了。像是述说的宋儒的语录，自己没有心绪也不愿问。

"古时的教训在现在还能有效吗？"他想着，没肯说出。

"告诉你吧，能记住就好！…… 这是明朝大儒薛瑄的读书记里的名言。他做过很大的官，讲过学，有行有则，是个言行相合的理学家。……你们许连这个名词也没有听见。理学。现在提起这两个字，年轻人生怕是沾一身臭味一般，便远远躲开。……又来了，又来了，这些话还是多说！……我老了，盼望你以后有时能记起这句话。”

这老人倒没有理学家老气横秋的神态，然而他对于旧教训的心服使巽甫不明白。

“做官，讲学，文章，——这一串的把戏古人最为得意，缺一不可！……没见一个买卖人，一个乡农会成了理学家。”

巽甫心理上是这么不平的断定，口头上却含糊着应道：“是啊，自己不正怎么正人。”

# 十

第二天，巽甫要往县城去，等着吃午饭，在糊了纱布的小窗子下他从衣袋里取出昨天伯父交与他的来信再看一遍。

信很长，当中的一段使巽甫感动得利害。

“……你的态度不甚明确，然而我们不再等待了！若是讲到寻思上几个年头，正是‘俟河之清’，无论事实上不容许，那正犯了中国的老病，是推诿，敷衍。……新时代已经展开了朝光，正在辉耀，青年，我们是青年，还迟回，犹预甚么？见理不明，自己牵累，藉口无暇以高超自解，那种人不能与我们合作。受不了现实的压迫，失掉了反抗的勇气，反而往清静无为中自找苦吃，终无所成，立脚不稳那种人到时堕落，是时代的淘汰者。更有倚附官僚，奔走于政客之门，想利用青年团体的活动作自己的捷径，是青年的害群之马，更不值一击！……巽甫，我们要打起钢铁般的营垒，要收拾起明亮的利器，向这古老的社会进攻。我们要有连合的力量，要有远大的企图。为民众造生活。总之……中国到了现在，需要革命，需要青年人的革命的精神与力量！‘时乎，时乎！’……我们不能再等待了！……”

巽甫屏住呼吸，看到这几句立起来，用破皮鞋尖蹴着地上的平土，眼里发出润湿的亮光。再往下看，把用练习簿作的信纸揭开了两张。

“……学会散后，人家都对我们注意。那自命清高的青年另作打算，我们呢，我们也有我们的团体。——这是你知道的，有时在郊外开会，有时在古庙里开辩论，嫉妒，诽笑，一般无聊份子的蜉蝣式的人生观！……乡下能久住吗？你觉得安心吗？‘时乎，时乎！’……我们不再等待了！可是盼望你有同我们共同的热心，……你是有才干的青年。……”

这两段是来函中的精要处，所以巽甫看到这里便不再往下看，很在意地把一叠信笺重行装入信封，一看封面上左边一行写的是“金缄自××”几个斜字。

他想不到那个口拙的金刚写起信来，却能够如此激昂慷慨。他一手拈弄着信封，记起在中学校门首义修问他的话来，“各人有各人的出路！”再不决定，难道还回头去学清流似的义修不成？何况就是那样子自己也学不到。

胡乱吃过一顿午饭，同年轻的妹妹，白发气喘的伯母，老是生着黄疸病的寡嫂，都没话可说。伯父被安愚约到另一个村子去开甚么诗社去了，这样反而可少听许多话。

骑了脚踏车，在滚热的尘土中他走上了入城的大道。无意中时时回头望望在烟后面的自己的乡村。

不过是三十里的路程，巽甫又是骑脚踏车去的，却走了足足一个半钟头。因为这是一条骡车和两人推的车子常走的大道，前几天一场大雨，很深的泥辙都变成硬块，脚踏在辙里全失了轮转的自如。只好在路边上检着平地走，上坡下坡的地方又多，高低既不平，半中间还横着一道河水，一片将近一里阔的沙滩；在陷到足踝以上的沙子中，脚踏车反成了行人的累物。

距城关还有五里路，巽甫已经是疲倦非凡，把车子停在一个村头的土地庙前，自己坐在一棵繁枝密叶的大槐树下休息。

在这许多县分里，一个式，几乎每一个最小的村庄也有一坐土地庙。低得不到人头高的屋子，一样是砖砌，石基阔气些的还有一堵映壁，两根儿童玩具般的旗杆。没有窗的屋子中供着一团和气的土地公公土地婆婆。他们在每个月中却要收领不少的香火，和跪拜，祈求。

巽甫歇在那里的土地庙，格外宜于过往的行人，因为映壁后有一棵百多年的古槐，庙后又有三棵空心的桑树，正好把半亩大小的一块地方罩住。无论早上，过午，那槐树下总有两个小摊。那两个卖烟火，水果的和糖馍馍的老头子，他们不急不躁地等待着来往的过客。

这两位摆小摊的老头子，恰好与土地庙的两个神像是一幅古画中的点缀。他们各守着各人的货色无论住下甚么人，他们不惊奇也不招呼，不向前拉拢交易，单等着“愿来者上钩”。他们知道大道旁不是市集，知道奔路的客人不是贪婪的顾主，只是人家需要时，自然会到摊子上破费几个铜板。推车子的农夫，挑担子的脚力，下乡出差回来的差役，都是他们的主顾。这几年来盛行的脚踏车也多少夺去一部分生意。可是能坐得起脚踏车的人，与他们这末可怜的小摊子原不会有甚么大关系，所以他们虽是终天在大槐树下面打盹，仍然可以维持他们的残年生活。

“倒是一张很好的趣味照片，可惜没带得镜头来。”

巽甫坐下以后，看看，一个全秃了头，一个拖着豆秸粗细的小辫子的那两位老头的怪像，心里不禁这末想。然而即时责备自己：为甚么作这样轻薄的想头，他们正是一对乡民的残余者哩！……

没来的及再往下想，从城中来的大道上一连推来四五辆的二人车，有的用驴子，有的用一匹瘦马拉着长套。十几个壮汉和童子们蹴起路上的热土。走到了土地庙的前头，他们没打招呼，便一齐把车子停住。

到这时，那两个小摊的老主人才大开了朦胧的睡眼。

那一群脚夫都在庙前歇脚，有的吸烟，有的买两个甜瓜桃子啃着吃。有的便从车子上抽下蒲扇在空中扇动。一时汗臭味和尘土气混合着，把一个冷静的庙门口热闹起来。

人多，说话也自然很纷乱。巽甫在映壁的一端瞧着，插不进话去。那一群脚夫也都朝他看看，——脚踏车，草帽，一身的白衫裤，仿佛觉得有点异样，但也对他无话可说。这样彼此默对了一会儿，有一个脚夫就郑重地提议道：

“走！这不是打尖的半道，歇歇赶路，时候不早，到尖上要黑眼了。别尽着捣了。”

那几个也像明白这头领的意思，他们即时端起各人的车把，小孩子们呼呼地赶动牲口，急急地向巽甫的来路上走。

巽甫被这陌生的一群抛弃了。仍然只剩下他与那两个怪样子的老头子，互相呆看着。

“他们推的甚么？您知道吧？”巽甫忍不住问着秃头的那一个。

“甚么？你没看明——白，那是洋线包，多啦！……从城里往乡下发，也许还有洋布？”

“不知是那里来的货？……”在巽甫心中怀着疑问，他知道再问这木头人似的老头子不会明了，就向他们点点头，从树阴里把脚踏车推出来。

经过一阵休息之后便觉得精神好了，他用两只脚蹬着飞轮，在大道上向前走。就像加添了很多的气力，几分钟，他便把那小小的神庙，多年的老树与木偶似的老头子们抛开了。

# 十一

冬天。

虽然还算不得隆冬，却已是十一月的天气。每天早上有一层鲜洁耀眼的薄霜被在树木，陌头，屋脊上，黄叶子到处飘泊着，找不到它们的故枝。小山上渐渐露出一大段一大段的林黄与褐绛的颜色。水塘中的水色也像分外加深，不似秋天那末清柔与碧绿了。尤其是在江南，更容易令人感觉出叶落木彫的凄清景象。

早班的火车由 H 开往上海，虽是经过不少风景秀美的地方，现在却只是疏疏的林子，静静的桥梁，与清冷的流水人家了。与来时相比，使坐在三等车中的一个乘客感到异常的落漠。时间曾经给予他很重大的威胁，然而快要到这一个年头的岁暮，他又把自己的身子被“俗人”牵回北方去。

“‘去路须从来路转？’……这正是驴子推磨般的咒语，真成了时间的奴隶与‘俗人’的俘虏吗？”

这位年轻的乘客，一只手靠在玻璃窗上，一只手抚弄着衣上的新折纹。他想："是'俗人，'……再回来的身子！"

他看看对面坐着一语不发的哥哥，看看自己的衣服，从昨天又换上这一套装束，虽然不很适意，却觉到如见了老朋友一样的心情。

那个跑了好多路，费了不少的气力，好容易把他弄到往上海去的火车中的大哥，紧蹙着原是很凑近的两道粗眉，尽着吸香烟，一支完后随手丢在痰盂里，紧接着又是一枝。他不看同车中的坐客，不对人说话，他像是又在筹思着甚么妙策。

坐着尽想，俗人，非俗人的种种事，在轰轰地奏着铁的韵律的音乐声中，他正回忆着过去半年生活片片的留影。

如电影上的特写一样，有几幕中的光景与描写异常清晰，使他永难忘记。

第一次是坐了小船走几十里的水路，从小山庄中问明了那座团山的庙院。他呈上那个善女人的介绍信，低头在老和尚身旁静静立住的那一时，仿佛一个穷途的旅客，找到了宿地；一只断了翅膀的伤鸟找到了故巢。古殿前的小松树，挪下了一层清阴罩住木格子的窗子。禅堂里一炉好香，静中散放着令人留恋的香气。他觉得这真是值得安心剃度的地方。当着那瘦削的老和尚向他周身打量的时候，自己几乎在蒲团前跪下来。

虽是光光的头颅，仍然还得来一次佛门的剃度仪式。老和尚在这团山的庙上做住持二十年，不曾收过一个门徒。从前有送乡下孩子来的，也有外山的年轻和尚想着传授这颇有些“道力”的老和尚的衣钵而来的，但都不成。老和尚自己打算得很精严，情愿单独守着这个山寺，不许年轻的鲁莽孩子来胡闹。然而对于他，却成了例外。经过一个多月的试验……文字不用现学，笔札到手就会，念经的记忆力好，至于谈谈甚么心甚么性的禅机，连专修多年的老和尚有时也得称赞。就怕的是不定性，不过正在青年的学生敢跑到山上来，敢过这么寂静的生活，已经是不容易了。他居然坐禅能坐到深夜。跪着拜佛不嫌烦劳，面容胖了，精神比初来时也安定得不能比较。

于是这老和尚便择日为这唯一的弟子剃度。

预先发送了不少的请帖，给左近山村中的施主与首事们。到期备好了素菜，供佛，献客。当着大众为徒弟披红，行礼，剃发，这算是证明了他是这山寺中老和尚的唯一继承者。……在那样庄严盛大的佛门的会上，他成了唯一被人注目的人物。不曾收留过一个门徒的老和尚，这次居然把很好的山寺要传留与一个远来的外省学生，无怪那些乡间人都互相传语，如看新郎官一般地跑来看他。然而这扮演着喜剧的角色，他在老和尚为自己上香念经的一刹，感到心头上有各种味道。预想的未来居然实现，而且有想不到的优待。所有听人家传说的佛门的苦难，没曾受过一点。甚么砍柴，挑水，与种种磨练的生活，……他以前见过的小和尚，如当商店里的学徒一般向上熬资格，这里都没有。出家与旅行相似，找到这么开明的主人，……过于优厚，反而使他心上摇摇了！他对于老和尚，真的，有“天涯知己”的感想。幸运的师徒，正如同朋友的契合。……然而从此，便是真正的出家了！他想到这里，也不觉滴了两行热泪，幸而没人看见，便偷偷用青布衲衣擦去。一阵钟鼓的声音和许多祝美的话在耳边响动。

就这样他呆坐了一小时以后，他便有了法号，是无尘。

又一幕是在夜的月光下。

山中的秋虫在竹林里，草丛里，凄凄唧唧的从黄昏时叫起，如奏着幽细的笙簧。池子中的荷叶都干枯了，被轻风拂动刷刷的响声，静中更听得分明。月亮从流云的层叠中推出来，一会又被遮过，所以那皎洁的银光一闪一敛地不很清楚。正屋子中间，老和尚在一炉好香旁边打座，隔着帘子能看见的他，一动都不动。——

无尘也是照规矩在做工夫，木鱼，经卷，小佛像，都在案头上供摆着。他也在地当中放了一个软垫，盘膝静坐。他住的是三间东禅房，从门口可以斜望到老和尚住的正屋。

本来练习夜坐是老和尚重要的清修方法的第一项，他说：要使心如止水，非用这等工夫办不到。诵经，念佛号，还要经过眼耳两个识域，独有打坐才能安禅。甚么想头都得压下去，初时是压，日久了便完全融化于一切皆空的境界之中。必须天天这么练，——能达到色，爱，想，识都化成不住不坏的一个空体。所以别的功课倒许无尘随意多做少做，独有这一件不能放松！

从纷乱热烈的生活中逃出来，如在酷热的天气洗过冷水浴，但常在冷水中浸洗全身，久了，热力向外挥发，也容易感到些微的烦躁。无尘便是这样的一个青年。他诚心遵守老和尚的规矩，也知道必须如此方能使身心疑定，作长久的佛家生活。当着空山，静夜，灯光像一点鬼火，月亮，树木，鸣虫，帘影，常是现着微笑的佛像，屋子中时或有觅食的鼠子走叫，那些色声的引动，如果是一个忙于现实生活的人便不易注意，也不易钩起甚么念头，然而这是山中的僧寺哩，人又那末少，不是伟大复杂的丛林，有时终天没一个外人来。因为在乡间游客更少，不同于都会中或著名胜地上的古刹，须作作世俗的招待。老和尚对他太好，用手用力的事有长工去办，又向例不出去做佛事，天天上香，诵经，修理花木，以外的时间他可以到山头上眺望，可以下山去与乡农人家说说话。究竟自己是出家人，那能天天往山下跑。风景自然是可以看的过，山上的小茅草亭子，石梁，涧中弯环的流水，竹子，桂树枝叶的荫蔽。但这些东西天天看觉不到有甚么趣味了。他也明白，出家与趣味两个字要隔得很远很远。在山中过了几个月，他渐渐地连山下的农家生活也不愿去看。他对于那些人的谈话，家庭间的情形与小孩子们活泼的游戏，都有点碍眼！老和尚倒不提防他会在山下闹甚么乱子，就怕的是那些“世法”会把一个青年人沈不住的心搅动了。

在秋夜中，他一连有几晚坐在软垫上几乎要跳起来，如蒙了厚毯在闭汗似的郁闷，心上不明白想甚么好。竭力地不想，那轻轻漾动的帘影，那似是用心逗人的小鸭虫，那窥人的月亮与在一边监视他的小佛像，简直不会轻饶他。合起眼来，有许多金星花彩在暗中跳动，偶而犯一次规，睁开眼看看周围，又有许多讥笑的目光围绕着他。向来不恐怖，到那个时候却感到幽静中没些怪影子在门内门外往来闪现。

就这样过一夜，第二天老和尚见了他打量一回，并不说甚么，不过他自己觉得心虚。立誓要在白天好好地听师傅的讲教，晚间希望不再被那些不相干的事激动心潮，然而晚上未曾打坐，心已经扑扑地跳了。

末后的一幕，是想不到的一年多不见面的大哥会从远远家乡中独个儿跑来山寺把自己找到。这自然是埋怨自己！出家后的四个月给了学校中旧朋友一封信，述说自己怎样达到了以前的愿望，像夸示一般描绘了山中的生活。这是一件忏悔无及的错误，为了这封信还是专托乡下人给送出去的，然而他的老朋友与亲戚，家庭，都知道他在某处做了和尚。因此他大哥受了母亲与家中人的吩咐，借了盘费，专来找这个无家的弟弟。

肉体还是一个肉体，强行割断的情感一遇到机缘还是如柔丝一般的缠绕，到那时他才恍然自己学不成佛陀；连一个家乡中破庙的脏和尚也模仿不来！大哥对老和尚恭恭敬敬地说：要带弟弟到城中玩一趟，叙叙话，第二天回山，算是了却俗家的心事。老和尚仍然是那末和气那末不甚理会的神气说：

“去吧，佛法也难于硬把人情拗断呀，——去吧!”

他心里有点迷惘，虽然大哥甚么话不说，下山的结果大概是可以推想得到的。临走时他只把一本日记与抄小诗的竹纸本子塞在衣袋里，到正屋子中对老和尚行了礼。久已干涸的眼角上有点湿润，老和尚淡淡地笑了：

“早晚就见你！——不必学小孩子了。——去吧!”

他永远忘不了那个很平淡又很难窥测的，老和尚的枯黄的面容，迟缓的说话，捻着念珠的神气。下山去，临下小船的时候，他还尽力望望那些东一团西一堆的农家房屋，与竹树后缕缕的炊烟。

在旅馆里，在小饭馆里，大哥的词锋面面俱到。母亲为了思念他病的很利害，妻，几次要投水，吃毒药，没有死，……又有甚么社会的责难与希望，全来了！他一句话插不进，只是一颗沸腾的心不住地跃动，末后，还是大哥自己打了圆场。

“到家乡去一趟！你有你的志气，谁能拴住你？真正不是小孩了，回这里，——再回来，那怕家里人都死干净，我能对得起。”大哥是善于辞令的人，再转一个弯：“你能够做在家的和尚更好！家中与社会的担子我早早挑起了，甚么事用不到你，你是出家人啊！再一说，……你怕人家说你打不定主意；说你半途而废；说你没有定性，都有我，都推在我身上，完啦！只要你回去一次，以后随你的便。不然，你还不明白我的情形？我回不去北方了。好，我也出家，山寺的老和尚不收留，别处我也找的到。还有一着，我写一封信告诉母亲，你既然出家无家，我为甚么不来一个永久的飘泊？从此后我也同他们断绝了关系，死活一堆，那末办，难道我就不对？……你说怎么样？……”

他被大哥这一套软中硬的利害话说的答复不上一个字，末后讷讷地说：“……半年？……”

“哈？半年，回头是岸，还争甚么早晚？你，好一个懂得禅机的和尚！半年与十年有甚么分别？……坚石，你给我下一句转语！”

这是他离开北方后头一次听见人很亲切地叫他的旧

名字，——坚石。到这时，他更一无所主了，任凭有世事经验的大哥好说歹说，自己只好暗暗的喝着苦酒。

火车尽在路上奏着沈重的调谐的音乐，矮矮身段，两道浓眉的大哥还是继续着吸香烟，与昨天的纵谈简直成了两个人。

坚石茫然地看东窗外冬郊的风景，脑子中乱杂重复地演着那些影片。说不出自己应该哭还应傻笑？至于省城中青年朋友的消息与他们的活动情形，大哥自然说不清，自己更无闲心去问他们了！对于回去的将来自己却没了主意！——他这时如同一个被人的牵引的傀儡，不说话也没了行动的自由。

# 十　二

不过八个月的时间，坚石由学生而出家，由出家而返家，这个有趣的消息在省城与坚石的家乡都传遍了。不少的老年的与中年的坚石的亲戚，族人，他们提起来便带着若有先见之明的讽刺口吻说：“年轻人，简直越上学越掌不住心眼！化钱买来的神经病！”或者更严重的批评便是：“在这个邪说横行的时代，千万须要加紧地约束孩子，他不是一个榜样?”由这些所谓乡评的传布，居然有好多人家，本来可以打发年轻学生出外读书的，却打了退回。不过藉坚石偶然的事情作口实，实在那一般人把一个小孩子看做他们的所有品，要好好保护，好好藏起来的想法原在他们的意识之中。自从听说北京学生结伙成群，焚烧甚么总长的公馆，公开集会，对政府示威要求，甚至连外国人也没放在眼里，这些事已经使那些谨慎服从的上年纪的人们提起来摇头长叹，至于学生被捉或者判罪，那更使他们骇然了！

自从坚石返俗以后，凡是在同一县城与乡村间住的人家，有孩子在外头入校的，都担承了一份心事。若是这学生是结了婚的，他的家长更加提心吊胆，纵然不至于立刻把孩子叫回家来守着他，然而总是委决不下，有人却另有所见：眼看着多少抓点小权柄，一月中混着一百八十差事的新官都是从学堂中出身，不要说是为能够向里抓钱与多认识人物起见，就是为了光大门户，传统地要保持他们那些读书门第，“官”是不宜于几代下去没有的。虽没了从前的势派，——大轿，行伞，红黑帽子葫芦鞭，那许多法宝，固然说是取销了，不过可以见见地方官，说点公事，在家有资格作绅士，出外到处有的是朋友拉拢，赢得别人不敢小看，而且赠一句某人家到底是“世代书香”，讲甚么用到用不到的问题。……有这些希望横在他们的心头，所以心虽是放不开；虽是也怕弄一个波及的罪名在身上，而怀抱着野心的父母们仍旧在风雨飘摇中盼望他们的子弟能够在这里头打一个滚身。更有大志的，（那自然十个里碰不到一个）在想着世乱出英雄，与时势造英雄的实现，不但不主张子弟的学程就此打住；他还侥幸地认为这是小孩子们有为的机会。但这样的家长多半是属于当年维新派，革命派的分子，由其本身过去的经验，他懂得亚圣的“虽有磁基，不如乘时”的定论，一心情愿有能干的孩子可以继续完成自己的大志。再来一次乘时的“风虎云龙”的事业，自己便可以满足了更大的占有欲。……

不过有这么深远打算的家长们究居少数，而多数的人家对于在这个大时代中的青年孩子们不免引为虑忧，成了他们谈话的资料。

坚铁——坚石的大哥，自从费了不少力气把出家的兄弟找回来交付于母亲及他的妻以后，虽然仍见他时常不高兴，见人老是“没有甚么没有甚么……”地说着，但是一想到未来，便不由地把自己那对距离原是很近的眉头紧紧地锁起来。他在民国三年已从商业专门学校毕业了，原想投身于银行公司中学习成一个新商人。好在像他这样所谓耕读人家中另辟一条生路。但碰来碰去，银行中投不进去，新公司情愿收方离私塾的学徒，却不愿雇有新商业知识的学生作小职员。在外县任过中学教员，所教的功课是英文读本，与文法，这与他专学的簿记关税等等毫无关系，起初他咬住牙想等待时机，所以偷闲还去翻阅那类的讲义，书籍，经过了两三年后，他有种种的证明，知道此路不通了！因为许多同学在学校中是拼命记原则，习算码，争分数，凡是在初次革命后投考这个新式专门学校的，谁也有决意改行的本心。——由士而商，混一碗终身可靠的饭。他们不像有志于官的，研究法政的学生，趾高气扬，……但离开学校，试验才拨开了各个青年心中的茅塞。他们才知道这古老的，不进步的，只是口头上改革的国家是甚么现象。

眼看着那些走捷径的法政学生：有的在各衙门中办公事，有的往审判厅做学习书记，有的藉了那张文凭可以到各县中去包办选举，弄甚么省议员县议员的位置，到处都可以肩出代表民意的招牌，演说，打电，好不热闹。相形之下，同是一个时期得到专门学校文凭的，这资格，放到社会的那个角落里人家都瞧不起。于是个人只好自寻生路了。自然，类如在煤矿公司，商埠局，那些有点交易性质的地方作一名会计员，已经是用其所学了。可是在一个省份里这种合宜的事能有多少，有的事类如中学高小的英文算学教员，报馆里的庶务，校对，教私馆，给律师充私人会计，这便是同学的职业。辛苦几年的学业有甚么相干？……所以在外县飘流了两年，坚铁已绝意于商业一途，从此把那些中英文的讲义锁在箱子里再也不想启封了。

他回到家乡因为大家的推重办理小学教育，仿佛变成一个小学教育家。终天与那些年轻教员们研究些课程，教科，材料等等问题，有工夫还得对付这种社会上的出头人。在乡下，又是他们这一个大族聚族而居的根本地，老人，绅士，乡里中的侠少，都需要分一番精神同他们敷衍。如果只能埋首在学校中，那末诸事便有些掣肘。坚铁在年轻时已受过不少的磨练，近几年中他既没有甚么野心，又不能够与这样的社会脱离，于是便用到他的对付的手法。

坚石的出走给他以重大的打击，终于亲身找回他来，自觉对于母亲与弟妇的责任可以完全交代得下。以后，这怪僻的兄弟再打甚么主意与自己无关。不过他的经验曾教与他许多的机巧，他明白，坚石不能长久伏在乡间作在家的和尚，然而有法子能改变他这份狂热青年的心理么？虽然相差不过十年，时代变得太快，自己不容易推测这个学生在未来预备怎么样。

这一下午，他在小学校中把一班毕业学生的表册造好，预备呈报，又吩咐一个老校役帮同学生掘地，栽花。话还没有说完，恰好进来了一个光头赤足的小孩子，坚铁认得他是身木家中的小听差，便问道：

"有事？省城中信到了么？"

"我不知道，姨太叫我来请你，一些人在那里，你家二爷，还有贡大爷。……"

"啊！那像有事商量，说不定真有信来。你先去，说就到！"

小听差转身出了学校，坚铁在办公室的门口右手里捻弄着一支铅笔，先想想这又是甚么事？连贡大爷在那里，怕不是身木在省城中惹了乱子吧？……这孩子也是个死心眼可不同坚石能打退堂鼓，他有股楞劲，不碰着火头觉不出热来。快有两年没到家，……论起来，他这全家一败涂地的情形也应分出两个人才振作振作，不过现在要奋斗，免不掉的是危险！……坚铁年纪三十五六岁了，社会的经验早把他拉到中年后的世俗的思想之中，何况他幼小时经过了不少的困难：读书时的拮据，与毕业后的谋生，他已经深深地尝到人间味了。经验的教训使他不得不做一个安稳缜密的老成人，因此他对于自己的兄弟与族中青年子弟在这新潮流中的动荡，十分挂心。他也希望能出几个“后起之秀”，比自己这一起的老青年胜过多多。

为家庭，与一个大家族上设想，他明白这是一种狭隘的道路，与时代的喊呼：甚么民本主义，个人解放的精神，人道自由等等的话相去好远，然而他没有时间，并且没有余力去向这些好名词贡献自己的热诚了。他只能就事论事，在小范围中作打算。

身木与他既是同族的兄弟，因为当初身木的父亲死后，那份复杂的家庭势非分开过支持不了，坚铁是给他们主持分居的一个重要人物。向来为身木全家信得过，所以他这时听见身木的母亲叫他，他便猜到又是为这个小兄弟在外面的事。

究竟还不明白为甚么，自己预备的话无从想起，只是皱皱眉头从衣架上掇下了一件灰布长衫披在身上向外走去。

沿了校园的墙根踏在轻松的土地上，他感到初夏的烦热。校园中几颗紫荆桠枝树子探到墙外，已经是只有几点残花附在枝上了。浓密的绿柳荫中更显得这残花的可怜！突然，他记起每年年底他给人家写年对，——贴在书房成小园门的句子是："荆树有花兄弟乐，"……再想下句，怎么也记不起来。不过就是这一句已触到他的心事。他摇摇头，从柳荫中仰望晴明的空中，几只小燕子斜着飞过去，啁啾地互相追逐。距离校园不远，有一片菜园，种菜的农人抱着用辘轳提上的大水桶，勇猛地向菜畦中灌放。

绕着菜园，从小巷子里转到大街，又转两个拐弯便到了身木家的门首。他一瞧见破瓦的大门，瓦缝里满长了些茸草，与漆色剥落的两扇破门，他觉得格外不高兴！在平常看惯了不感到怎样，可是今年，他对于一切的东西都容易生厌。还认得十岁左右时候随了父亲到这个大家庭中吃年节酒，那时在门口的光景：红彩绸，提灯；彩画的门神十分活现，自己胆小还不敢正看，客厅中讲究的桌椅，披垫，彩玻璃灯，穿长袍马褂的仆人，丰盛的筵席。……

他虽在片刻中回想着，而走熟了的脚步已经步入小屏门到身木家的院子中了。深长的走道中没遇见一个人，他觉得痛快！原来这个大家庭分成了五六家人家各据一个院落，却共走那个破旧的大门。坚铁是怕遇到那几家的兄弟，子姪，见面不是说穷，就得叹气，求帮，不是一回两回了，他难于应付。所以每经过往身木院子去的走道总是很在意地蹑手蹑脚地过去。

破碎的方砖砌成的堂院，细草，青苔占了不少的地方，有几竿黄竹子遮住一个木花格子的大窗。他没等得掀开竹帘子，里边的人早看清楚了，首先是好高声喊叫的贡大爷叫道：

“好了，请得校长，……智囊到了。这就好拿主意。”

随了这高叫的声音坚铁已走进屋子来，正是身木的母亲，贡大爷还有穿件肥大衣服踏着厚布底鞋的坚石，都坐在这间黑沉沉的大屋子里。身木的小兄弟却立在官桌子边玩弄黑乌木牌。

“大热的天，请你来，——校长！……”身木的母亲到这里多少年了，口音总还带着福建的土音，说起话来有点费力。

贡大爷，不等得坐在方藤大椅子上的老太太把话说完，他按照向来的习惯用两只手一齐用力拍着膝盖，即时跳起来道：

“我说坚铁，……我说！……哎……说总是不信！两者之间，怎么奸？怎么好？……”

他的面孔都涨红了，不多的几根黄须子因为说话主唇皮的颤动，它们仿佛也在跃动。常是像用白眼珠看人的眼光浮罩上一层着急的热情。

“安大哥，怎么啦？说了半天为的甚么？”坚铁一面快快脱去长衫一面检个坐位坐下问。

"怎么？不是？……你也算做一个教育中人。不论大小，有的是应该，——应，应该教导年轻人的责任。你，……你看：咱族中那些无法无天的孩子们，闹，……一个劲儿闹！类如坚石，……类如巽甫，……不，桐叶村的巽甫，……你还有甚么不明白？……"

他慷慨地说了一大段，愈着急话愈说不清，把小时候的口吃病都说犯了。这是他的老毛病，他来回在房子中间转了几个圈子，用眼角斜瞅着旧藤椅上上半欹的坚石，坚石却不作理会，手里拿了一本线装书仿佛是在看的出神。

坚铁进房子来听了这些话，其实还不曾了解究竟事情如何发生，他蹙蹙浓眉头，半笑着。

"好，安大哥，人家说大老爷多是糊涂官，喂！难道不是？你为着急，可是身木到底闯了甚么大乱子呀？"

"这不用我说，你看，桌子上的挂号信。——作下了，找着一家人！"

坚铁从红木小圆桌上把那个白洋纸的信封拿过来，抽开匆匆地看过一遍方才了然。原来这是巽甫给身木小兄弟的一封简信，上面只是略略叙说身木在学生联合会办的新剧场中守门，因为剧情的激烈受了警察的取缔，他们不服从，争斗起来，——身木在前年学生游行中已经与警察闹过，结果是在警察所拘留了一夜，不料他这次更为愤激。警察原来认得他，便不客气地拏了去。一共三十几个学生，听说这次不比从前，一定得赏给这些小孩子一个罪名，不能轻轻地关上几天就容易放出来，巽甫信上的话至此为止，并没有提到如何去拯救这热情的年轻人或者嘱咐家中怎么去想方法。虽是给身木的小兄弟的，这很明白也是给他的寡母一个通知。

坚铁看完信后，把信封反来覆去在手指间折叠着，不做声，眉头仍然用力蹙起来。坚石更是安静，若无其事地看着书本子，安大哥吸着旱烟，将厚脊背靠住墙，竭力忍着不先说话。

身木的母亲虽然是将近五十岁的人了，幸而她从前同身木的在外游宦的父亲经过不少事，还不至于十分惊惶，着勉强笑着对坚铁说：

“你看，这又怎么办？孩子的不争气，胡闹，我还——说甚么。事情打到头上，在家中的人，校长，你常办事，是个明白人，你想，咱们应该怎么样？……”

坚铁一看过这封信，他早已猜明请了自己来的意思，这回经身木的母亲这么说，他想不出答覆的话来，便回头对坚石道：

“你看怎么办？省城学生界的情形你自然比在家的人谁也熟悉。”

坚石手中的书本子没曾翻过一点点，仍然遮着半边脸，轻轻地答道：

“不知道，——我不是早已逃脱开了。我不与他们通信，——我也不去想……大哥，你不明白，还问我！”他的话不再多说，声音是那么轻，似乎一个病人勉强回答问病者的招应话。

安大哥——就是小听差叫他做贡大爷的，——就深深地压下一口气，又重重地从鼻孔里喷出来，向坚铁正色道：

“你弟兄够得上‘难兄难弟！’你懂得，——懂得姨太请咱们来干么？为的唱双簧？我，——这老大哥谁都不理会，管他是小兄弟，姪子行，我就不会玩手法。年青人学得真乖巧，落下树叶怕打破头，甚么事只推得干干净净。巽甫，这莫明其妙的信，坚石的回答，真是一对，——真是新青年的代表！哎！佩服了，佩服了，——而且佩服得很！这便是中国新教育的效果。……中国不亡，……”

坚铁看这位老大哥真的骨突起老嘴来要生大气，他便立起来，一手扬着那封小小的书信道：

“别忙，老大哥，你不是还没把我加入这个定案吗？不管他们，——你再说得响亮些，近处的也听不到，不要说发信的人了。商量商量看，我想现在虽然对学生比前两年严厉些，还不怎么样。瞎着急也不成。身木不是十岁八岁了，日后他自然知道轻重，巽甫未必有别的意思，不能不对姨太告诉一句，却是好意。省城还有几个人，不会白瞅着这年轻的受。大约不过十天，八日，——多说，准会放出来。这次倒不用操心，但在日后呢？不敢具结！身木弟的劲头大，不是往回头走的人，你想不是，老大哥？”

“哼！倒底大几岁年纪了，姨太，坚铁说的是有见识的话，也许这次没有甚么大不了。——好在他今年便毕业，是个关键，去年我在省城同他谈过，志气很高，一点不忧虑。校长，你该比较比较，‘对亲不说假话’，比较比较他们这三个：——身木，巽甫，还有这位出家的老弟！”

身木母亲点点头，眉毛上的皱折一丝都没曾展开，坚铁来回在砖地上踱着方步。

“喂！这又来了你的心眼了。亲兄弟不敢评一句，太世故了，我来替你说：身木毅力皆大，倒是个敢作敢当的青年，不免鲁莽些。有时就令人着急。讲公道话。我这份脾气至老还压不下，说甚么年轻人。巽甫呢，我这几年没有机会同他见面，去年比这时候还晚，走路到一处。精明是有的，但胆力似乎不如身木，深沈便深沈的多了。你还不知道他向来做事不露一点点锋芒。……末后，当面说说你！——坚石，心有余而力不足，志大而虑疏。……呵呵，话也不可说得太过分了，还公平吧？想想。”

经过坚铁的一番解释，把这位暴燥的安大哥安慰住了。这时他倒不亟亟于商量身木的未来事，反而从容不迫地评论各个青年的性格了。

说到身木的未来，这个久经世变的母亲怀了满腹的抑郁，却难于说出。自从身木的父亲死后，他们这一家人口弄得分崩离析，眼看着二三两房日子都难于过下去，幸亏自己把得住，努力想教孩子们入学校读书，只盼望我们各有一份谋生的技能就算心足。但最大的，自己的男孩中学还没毕业便碰到这个时代，以至于两次被警察拘留。虽然明白是不关重要，也由不得心中酸苦。听了安大哥的赞美话，更对于这孩子的未来毫无把握。不知要怎样好，忍不住泪珠由眼角流下来。

安大哥正在很高兴地好发挥他的人物的评论，但看见身木的母亲在一旁流眼泪，他不觉得把话缩回去了。坚铁无聊地燃着一支香烟，慢慢说：

“未来的事，我想起身木，你别瞧他年轻，他打的计划也许比我们都高，他比不的坚石，——我想还是老哥赶快发书信与省城中的熟人，能早把他弄出来，劝他回家与姨太当面谈谈，毕业后怎么升学。只谈未来，谁也没注意。”

他的话一句句地说的那么慢，可是每个字都像很用气力掷到坚石身上。但坚石自从答覆过那几句话后再不开口，任凭安大哥与坚铁的嘲讽，他毫不在意。

身木的母亲用手绢揉揉眼角低头想自己的心事。坚铁尽吸着香烟向空中喷烟圈，安大哥却耐忍不住了，弯着身子向坚石手中看。

“装傻！你到学会了养气的工夫，……甚么书值得这么入迷？”

坚石正坐起来，擦擦光头。

“老大哥，对呀！……‘剩一片大地白茫茫，多干净！’……‘此亦一是非，那亦一是非’我不傻，把聪明往那里用？”他的神情是那样的平静，绝没现出由烦闷而说起话的态度。

“好！”安大哥双手一拍湘妃竹的短烟管，拍达一声从手指中间顺到地上。“好！……你们看，一个和尚不去修行，入迷地读《红楼梦》，真使人佩服！…骂老头子？……新青年，坚铁校长，咱想想这是甚么世界！”

坚铁立在有暗影的窗前，点点头：“值得大惊小怪，不是一个劲提倡用‘红楼’‘水浒’作国文教科书？学生复习旧课也很顺理。……再说，和尚读……你老糊涂了，宝玉是个甚么样的人？”

他说出这句话，连方在抹眼泪的身木的母亲也笑了，安大哥抿抿嘴唇道：

“好口才……‘难兄难弟’！”

坚石仍然十分平静地坐在藤椅上直望着窗外的瘦竹子，不笑，也不动气。

## 十　三

从这一年的秋天起，巽甫才算找到一个小小的位置。本来他把工业专门的四年功课交代下来，不过闲了四个月，因为他伯父的老熟人关系，在省城的路政局的测绘部中添个名字，每月可以支几十块钱。在他自己说来可谓是用其所学，但他终天却另作打算。

不易分清是时代把他激动的不能安静任职，还是自己另有何等的更高的欲望？虽然靠着钟点把事务混过去，他可忙得利害，连星期天许多人也不容易找得到，自然，表面上看去他已离开学生生活了，不过他并不同那局子中的人员有多大来往，常是一个人跑来跑去，行踪又像是很秘密。于是同事们都爱叫他“神秘家”。

已经是初冬的天气了，星期六的一个下午，有劲的北风在院子中扫除土地上的死叶，天是颓丧地阴沈，在没生火的大屋子里人人穿了薄绵袍子，冷冷地俯在各人的公事桌上作工。巽甫这天连午饭也在这里吃的，为赶着绘一个平面图，预备后天用药纸晒出来，他加劲地忙。趁五点以前可以办理清楚。这一屋子中横竖摆了几粒黄油色的木案，他的同科的人皆可一处。独有科长另有办公室。所以虽是工作着还不碍低声谈话。

除掉一个年纪五十以外的录事，别位都在中年。年纪最轻的巽甫，他对于绘图算是生手，但他在职务内的工作十分用心，成绩又快，别位虽有时不免对新学生轻看，然巽甫的努力也引起他们的赞叹。

“老巽，下班后干吗？今儿个不是 Sunday 吗？你来了一个多月，还没同大伙儿玩一次。”

在巽甫身后一位顶调皮的年轻科员，用手指敲着三角板向他说，并没抬头。

“蹩扭甚么！老爷！人家是一块天真未凿的，……那会同你这街猾子一处玩。”一个角落里另一个人的回答。

“咦！街猾子？在这地方该乐一乐的还不去找？难道真为一月四十元作奴隶！剩下来背不进棺材去，——我看透了，一生一世，吃点，玩点，——找找乐，是占顶顶的便宜！像咱，——我说，老巽可不见得在内，——你还想熬成局长。厅长，做大官，发横财？白瞧着人家眼热！老老实实说：咱们原是‘和稀泥’，过一天算一天，到咱们这年纪，还当学生时候的黄金梦？罢咱！……”

这带近视镜年纪轻的小伙说话是十分不在乎，虽是声音低而音调的抑扬叫人听去他仿佛在口上弄着写意的音乐。在角落上坐着抄写文件的秃了前顶的先生摇摇头，打了一个大声的喷嚏。

“坏透了的孩子！小小年纪说话多么丧气，心眼偏向占便宜处走。幸亏你也做不了大官，到那时候地皮大概真得刮到骨头……”

“端老大你这假牌的道学家，当着人前一付面孔，人后又一付，你凭心说，咱这‘衙门’中那个顶会，……顶会巴结？那个顶会弄一些玄虚？永远在大家里占上风？那个顶会吃，喝，玩乐的拿手戏？你这……不说了。你当老巽人家新来乍到的，吃不透你的味？嘘！……”他竟然毫不客气地说了一大段，口上又吹起口哨来。

巽甫起初不想说甚么话，及至听到街猾子这些刻薄话，真的怕那一位吃不住反了脸，争吵起来。便放下手中的工具，回过头，要分解几句。恰好秃头偏过的脸向着正在轻吹口哨的那位，巽甫的目光正与他碰到一处。秃头用的大手指抹抹嘴角，做写成的八字式，意思是自己年纪大得多，不犯着与小伙子争论，遂即正经地叹一口气。

“‘兄弟阋于墙！’年轻人老是得弄这一套把戏，火气那么旺，实在仍然转不出老圈子去，口里硬，肠子却更会打弯；比年纪大的变的更好！……同行不是外人，巽甫也不能见怪。咱们就是这么过日子，不，你瞧怎么能干活？话说回头，今天破一回例，巽甫我来做东道，赏一次光！咱们几个人去吃一顿华福楼的羊肉，不多化，三块，——不过这个数，三块平的自抹刀。街猾子，咱言归于好，你去帮帮老哥向老乡讨个人情，各位是不是？……"

巽甫没等的答覆，另外两位不约而同地立起来叫一声"好！"其中有一位说："不成，四个人拉一个，夹也得把老巽夹了去，吃完羊肉另讲。……"

街猾子这时再不说话，笑眯眯地一双小而轻灵的眼睛向秃头的头顶上打转，骤然，清冷冷的大屋子中感到活气。巽甫皱皱眉要说话，接着皮鞋声登登的从窗外廊檐下走过，特别到了窗外用力咳嗽了一声，秃头向大家摆摆手，各人重复俯在木案上工作起来。巽甫的话也只好咽下去。

就在这整个的晚上，巽甫得了这少有的机会，称量过同科先生们的灵魂有多重。他自己的也许被人称量了去，他顾虑甚么呢？

快半夜了，一个人戴着昏晕的脑子在冷风中跑步。他计算得很清：去东门里华福楼；——出华福楼穿了不少的巷子：喝茶，玩笑，吃水果，听胡琴，再走，——出大西门，马路两旁的电灯光像鬼火似的一跳跳在眼前引逗；——纬四路，——小纬六路，又一套喝茶，玩笑，——吐，两个同事醉得碰头，满地上是酒浸羊肉的羶骚，汽车，有人化两块送回去。——末后，出了那个黑漆门冲着冷风还与秃头道谢，谁不管谁，来不及了，疲劳与兴尽，两辆街上的人力车分开把这个宝贝运走。一上车子头都俯在一边，车夫笑着得意，即时闪入车群，不知去向，剩下了自己在夜半的街上乱逛着，不知往那里去好。但他在纷扰后再试到酒力的兴奋，又跑了几个钟头，觉得一股热力从头顶直达脚心，被冷风吹扑着十分清爽。他想，有这一次的经验，除了测绘方法的实习以外，他能得到的也够上丰富了。“生活不只是在冷屋子死抱书本可以体贴出的。”“社会才是生活的陈列馆”。一点不错，这一批的职员有他们的人生，确实也有他们的苦痛！街猾子的聪明，秃头的练达，……还有别人都是小角落中的人才，为甚么他们脱离开当年的学校便会变成这样？无可无不可，昏天黑地的状态！……还有别的人，民国初年的志士，差不多的都沈默安静下去，坏点的简直成了当年他自己谈论主义的敌人。……再想到近几年，更快，更变化得异样，不过才三四个年头，乖觉的青年已经学会了乘时找路子的方法。真是聪明人的敲门砖俯拾即是，好听的名词青年的傻子才真上当！……

他被酒力薰蒸着，把积存于记忆中的不平事乱无条理地映现出来。自己也感到有些异样。平日那么冷静，那么瞧不起任何人，何以在这夜半的马路上为那些琐碎的事引起自己的感愤？明知道这个衰老民族的病根不是一阵运动，一阵喊叫便能够重新都向光明的道路上整齐脚步，那不可能！从打仗的前敌上抽身脱逃；藉了人家正在肉搏的机会玩玩手法，占小便宜，以及坐山看虎斗，到时好大利双收。明地里面脖子粗，刚回头便掉枪花；更有善于因势乘便的，是凭藉了时代的招牌出风头，弄金手，开交际的方便门子，正是从此便一帆风顺了！然而这些清不出骨头来的人，——这样是时代先锋，干吗？好的说为自己开路，不好的呢？……有几个是，……巽甫沿着冷冷清清的店铺的木门外走，一步像是踏一个有刺的疾藜，偶然想起来却放不下。

“怪不得坚石受了激刺，灰心成那种样子。……但大家都如此更坏！……老佟，金刚这般人自然是在暗中向硬寨了，他们从学会中分出去，另有组织。……”

这时他已转过纬一路，由十王殿的旧址紮南来，快到大西门了，西门外审判厅的门首那个不明的圆灯球射出阴惨的光辉，两个巡逻警察步伐整肃地慢慢从东面走过来。

巽甫的酒力早已退了，渴得利害，在初冷的北风中打了一个寒噤。望望那个庄严的施行法律的门口与警察的身影，又不禁多少有点眩晕。他突然记起了去年夏天与伯父谈话的光景，那老人供给自己的学资，只盼望到时毕业能够好好稳拿一份薪水，作一个良善的青年，他对自己不希望做甚么大事业，本来能混的下去，穿衣，吃饭，还可以使家中从容一点，为甚么去多费心思，多管闲事？难道这全国家全民族的大事凭自己便挽得过来吗？说不定，善良下去，日后还有更好的机会。……

他为伯父设想又尽力把自己的思想排除开，从世俗上看待自己，他那原是坚忍的心肠，也有点活动了。

装作从容的脚步，与警察正走个对头。挨身过去，他捏一把汗，想如果他们问时，便就老老实实拿出局员的身分来，不客气地同他们说：星期六到城外玩的。不料两个警察看看他穿得很整齐，又那么从容，居然不是毛头毛脑的学生脾气，轻轻地飘一眼便往西去了。

未进大西门以前，在护城桥上他喊了一辆车子坐进城去。

到他的寓所时快一点了，叫开大门进去，在住屋门缝上塞着一封小小的书信。他抽过来，就屋子中的煤油灯下看，原来是用圆符具名的两个字，是：

“巽甫，明天星期日，无事早十点到东巷寓所，有要事面谈。圆符具。”

他知道圆符是个忙人，没有特别的事一定不会专人来招呼的。

这一夜他做了许多纷乱的梦。

# 十 四

“我知道还有别的人，不过我是决定约你同行！这是个稀有的机会，先要看你的胆力如何，你懂得，这件事我说话的力量最大。无论如何……”

“就这样快？顶好另找一位去，如找得到，我是没有准想去的心思。”巽甫眼对着坐在帆木大椅上的圆符正经地说。

圆符快近四十岁了，短发，黄瘦的面孔，眼眶很深，从近视镜中透出那两份有力的眼光，照在人身上，——经他一看，简直可以把人的魂灵也看穿一般的锐利，一双微微破了尖的黑皮鞋在他的脚下轻轻踏动。他脸上毫无表情，既不兴奋，也不急闷。他的一对眼睛看到那里仿佛那里就马上生出破绽。巽甫对于他向来不能说谎话。为他原来具备着敏锐的观察力，又富有组织的干才，是一个机会他随手便能拏的过来，交换利用。比许多中年人来得敏捷多了，又加上从前清末到现在的社会经验，一方是增加了他有为于世的野心：一方是扩展开他的组织的——作领袖的才能。所以虽然这是一个新时代了，他能以利用时机与拏得到同情与机会的需要，在这个大城中，暗地里对于许多青年不失领导的地位。有报纸容纳青年的文章，有书报社给青年流通消息，有丰富的经验可以帮助青年们的运动，——总之，他在新青年中有他的力量。

“凡事决而不断，断而不行能成？一辈子没出息！不是外人我才同你说这样的切己，……！怪！怎样年轻人老是畏首畏尾，这可真没有办法！……

“我记得我加入同盟会时比你们年纪小，约当身木的年龄吧。那时简直是大逆不道，亡命叛徒！”

主人说到这里且不续说下去，端正地坐起来，对巽甫直看，等待他的答复。

话里明明有刺，虽是比较算深沉的巽甫不自觉地脸上一阵发烧，接着缓缓答道：

“不是，……不是畏首畏尾！我怕像我没有甚么用。讲到这个，还是老佟——你也认得——他好得多，有研究，有毅力。……”

“不！”圆符把小桌上的花茶杯端起来呷了一口，“不，巽甫，我观察人的本事，不夸口，相信不会大错！老佟是干才，与你不同。——因此我不能与他同行可不是嫉妒；笑话了，我还同年轻人去争功？你相信，用不到解释我另有意思，颇为复杂，现在不能谈。一句话，你走不走？给我答复。日子定了，不能再迟疑下去，别人都说妥了，只有你，只有你！”

末后的三个字语音强重，他对红了脸的巽甫一瞬不瞬地直看。巽甫从斜面避开他的眼光，微微偏过头来，答复：

“容我想……”

还有一个想字没说出口，圆符即时在略有皱纹的嘴角上堆出从容的微笑，“好，你想！只有今天，明天绝早你要给我确切的回答。一个礼拜后动身，好在是你去不去用不到避讳，”

“是的。”巽甫这两个字答应得有点吃力。

久有经历的圆符这时已有了把握，便不催迫巽甫了。很不在意地同他谈着这次远行的目的，与观察的注意点，以及民党要竭力组织，恢复从前的光荣与革命的计划。他毫不犹预地对这个青年人叙说，仿佛是与老党员相谈一样。

他说：“五四，五四，五四是近代中国文化史上的一个转关。他们也把文艺复兴作比拟，其实这个重大事件内面的骨子还是政治问题。我是干这一行的，中国政治的不清明便永无办法，枝枝节节的提倡，受不住恶势力的湮没。……所以想着三民主义的复兴，我个人认为是中国未来的大路。——尤其是民生，你该看过建设杂志吧？……这次我们秘密到那里走一趟，并不是盲目地信从。到底要看清楚那个国度是怎么办的，与办的甚么事？巽甫，你会觉得我是想依附老势力作活动？哼！老势力在那里？民党正预备着一个重行振作的大计划，要改党，造党，这时机再好不过。我是与党有历史的。——再一说，为民众也得干一下，你对于政治问题并不是没有研究，主张，放开一边，先去藉机会看看光景，……知人知彼！……”

他约略地谈到这几句话，便突然中止了。他说时态度是从容，郑重，像在群众中演说一样，只差是声音低些。

巽甫对于这些事自然也明白，现在他心里委决不下的是去一趟能够看看这地方的情形，无论好歹，不是于自己没有益处，但所谓民党革命的势力在将来有无把握？圆符正是一头沈的主义，他在这个大城中站不住脚，任何地方也能去，类如广东，上海。自己呢？不过是个热心的青年学生，羽毛在那里？这件事对于自己的未来确有关系，去了，回来呢？革命如闹不成功，还有自己的去处？再就是为甚么这位政治家不把主张最激烈的老佟约了去，单挑出自己来？……

他一面听着圆符的滔滔议论，一面用手拈弄着小桌子上的香烟盒，纷扰地寻思。

突然，那政治家另换了一个问题道：“巽甫，近来见到义修没有？我这里久不见他了。虽是在报馆里编副刊，可是我不去报馆便碰不到他。……”

巽甫明白这是圆符怕自己想刚才所说的事件过于沈闷了，所以另找到一个谈话的材料。

“呕！义修，他自从去年毕业之后，要停一年再升学，这就是有一点原因的，你不知道？”

提到这位新文学者，巽甫也觉得口角上添加了不少的活气。

“我当然不如你们清楚，不是为恋爱？他，——义修准会掉在恋爱的坑里去。”

“坑不坑可不敢说，他不升学正是留以有待。”巽甫笑了。

“留以有待？这，我倒不明白，待甚么？”

“待到下年人家毕业后一同去升学呀。”

“啊！原来如此，同谁？是不是密司？……”

“大概没有第二个，义修真也能，他会找自己的陶醉。”巽甫这两句话有点讥讽，却也有点羡慕。

“这不容易！你们这些份子讲恋爱不是很难吧？”政治家也感到这样问题的有趣，脸上的颜色安和了不少。

巽甫摇摇头，“不一样，像我便讲不成这类玩意。”

“说到家的话，义修未免名士气的厉害，虽然我不反对青年人弄甚么恋爱的玄虚。”

政治家仿佛还有一套对义修的评论，布帘子掀动，一个听差的挨进来，手中攥了一叠的名片说：

“外面有教育联合会的几位代表，还有省议会人都等着见。”

巽甫趁着这个机会便走出来。

圆符待他走到门口，还嘱咐了一句：“明天早上见，在你上班以前。”

# 十 五

经过一夜的踌蹰，往前发展的希望终战胜了这位心思缜密的青年的畏缩心理。他决定不通知家中，便随圆符及几位青年一同远走。三天的时间，他想把路政局的小差事辞掉，以及收拾行装。

局子里的同事知道巽甫辞差的事都很诧异！尤其是请过客的秃头先生，他觉得怎么自己的历验会输给这年轻的学生。满想下一次本钱，日后有个联络。还得吃回来。料不到他竟在事先不露声色，学会了白撞的方法，被他骗了。这一天等着巽甫递上辞呈，局长传见他去的时候，秃头在办公室中满脸的不高兴，指着巽甫的空坐位向那几个人道：

"咱，八十岁的老娘还不会抱孩子，这小伙会占便宜！快要走了，还扰人，谁再说新毕业的学生没心眼算是糊涂虫！"

街猾子这一天有点不快意，为的夜来十六圈小牌竟会输掉他半个月的薪水，没得安眠，精神十分颓丧。正没好气，听见素来瞧不起自己的秃头骂人，他却得了一个泄愤的机会。

“喂！老秃，”他把手中的墨水笔一丢，“老秃，你自己情愿破财免灾，现在可打起算盘来，说这小伙子灵透。谁教你先下的请帖？何况扰你的不止他，人情要做得到大家身上，你是不是在上星期请客专为的一个人？大丈夫别来得悻悻然呀！‘宰相腹里好撑船’，瞧你的，你这点度量，我怕连再升一级的事也不见得，……”

他真有点居心挑衅，说的是那样冷气冰人，从鼻孔里还不时哼两声。秃头听了更加悔恨！

“怎么啦！这个孩子待你有甚么好处？你倒是旧的不向新的向！罢啦，人家当过堂堂学生会的干事，有门子走，原来没看得起你我，净向脸上搽粉不成呀！甚么人情不人情，度量不度量，上当只有一次。你会巴结，你就同他一堆离开，干你们的，才是识时务者！……”

一屋子的别人听见秃头这样说法便不约的同笑了。当中一位怕他们两个今儿真说僵了，把话叉开道：

“别为人家自己吵嘴，我看巽甫这一下辞差那么痛快，甚么话不说，一定是有高就，再不然临时有事。”

“对，大概你这后一句对了。”街猾子也觉得以前的话太痛快了，教人家方在气头上下不来，他多精灵，便借着话转了风。

“那么有甚么事？你猜一猜。”

“可不成，各人的事会漏了风？你别瞧人家是新来乍到，我早明白这孩子在学生界里打过滚，肚里有牙，手法也不轻！他不曾打断与那些曾捣乱的学生往来，在这时候，咱猜不透。”

街猾子用手搔搔头皮，又怕把分梳得有条理的头发弄乱，从怀里掏出一把小白骨梳子左右梳着。秃头对着他，从喉咙里呛出一口浓痰吐到办公桌前的痰盂中去。

在他们这无聊的议论中，巽甫已经见过局长重回到办公室来，趁便同大家周旋几句。但一看秃头用左臂支持着他的光明的头颅，连头也不回，街猾子抬头看了自己一眼，又落到绘图纸上。大家态度是那么落寞，便收拾了东西，临出门向大家说句，“再见!”推开木风门，离了这个怪趣的地方。

走到廊下，听见屋子中有人笑他，想：“这般人生就的势利眼，如果我是升官而去，怕他们不来一个丰盛的公饯?”

刚想到这里，自己也觉得可笑，为甚么同他们计较，不同的人不能合在一起，只好各走各路。虽然这样想开，而那一个晚上的狂饮与同事们欢叫跑路的情形却如在目前。

想到酒，他才恍然记起今晚六点半义修在湖旁一家酒楼中的约会。自己要远行的消息，本来守了圆符的约定，异常秘密，便连义修也不告诉，不知怎么被他探听了去。昨天来信请吃饭，并且信上还说："外有女性一位，找到一间靠湖的清静房间，盼望届时准到"云云，这一来，巽甫反不能装做无事，辜负老朋友的好意了。

回到寓所，胡乱把行李收束了一阵，看看手表还差半点，正好走了去来得及。天短，太阳的影子早没了。流行的云层中一弯冷月在空中徘徊着。他向这间凌乱的寓室巡视了一下，想再过三天便得过旅途的生活了，往后愈远，愈冷，路上有无岔子不能断定，也许通不过去，被打了解地？……屋子中东一堆西一堆的书籍，与等待整理的衣服，一面小镜子满罩着一层土花，小煤炉子中有几个煤球，却没有一点火星。听院子中北房里的房东老太太，小姑娘，调皮的男孩子正在争吵甚么，可是虽在吵，而夹杂着没奈何的叹声，天真的笑语，能明白是这一家人当晚饭前的兴致。不大的院子中有几颗渐渐干枯的榆树在晚风中低低轻叹，映着淡白的月光分外清冷。

时候还不到，他倚了木门呆望着上房中的灯火与大树影子，把两只臂膊交横在脑骨后面，轻易没有的凄清的幽感这时也在心中跃动，然而想不出为甚么来。那一段若有所为又似无所为的心思自己便剖解不清。留恋么？这样社会，与正在颓落中的家庭，凭说有甚么值得留恋？转想到一身，……既不能安心作事，又不能随从了世俗忘却一切，争斗，解放，谋中国的自由，民族的重兴，实在自己也不敢说一定要从那里着手。虽是口头上比一般新青年咬得硬，但是信力呢？具有铁一样的把握么？……

他想到把握的问题，禁不住把在脑后的双手拳了起来，用力将手指尖往掌中掏入。额上立时有点湿汗。他又想：这次同圆符往那辽远的国度去，单在路上已经是十分冒险的事。前年不是有北京的两个学生在那边界上就被截住，押送回籍么？何况以后是奇冷的气候，那厚雪遮盖的高原，那积冰的大湖，荒林，古旧的村落，饥冻的人民，就他想像所及，只能在空中描画出这些轮廓。至于甚么政情，他确是无从设想。然就风景与天气的预想上，他已感到此行的困苦了。“比起吃锅烤羊肉，听落子，与女人玩玩怎么样？”

回忆到前两天与局中同事吃酒，叫闹，比较起来，他向黯淡的门外长长地吐一口气。

“想甚么！这不是自己的灵性作祟！到此地步，想不是白费！眼前有横着的河流，不怕你不自己找渡船，除非是甘心往回路走。想甚么，留恋当得了！……”

在痴对着东南角上的冷月，他茫然地想着，竟至把时间忘了。北上房中的旧自鸣钟懒重地打了一下，他记起这一定是六点半的时间了。反身把门扣起来，锁上，低头走出了这家的院门。

# 十　六

到酒楼上，找到了义修预定的房间，问伙计，得到的回答是：“主人家早来了，还有位女客。他们告诉往湖里坐一回船，就来。你老到时千万别急！往历下亭去，不大一会的工夫。……”

油光满面的老伙计一面替巽甫倒茶，一面笑着这么说，巽甫不觉地也说了一句：

“真好玩！这一刹工夫逛甚么湖！”

“你瞧，先生，今儿个晚上月亮多出色。”这意思居然代替请客的主人辩护了。

巽甫无聊地点点头，老伙计便跑下楼去。

这地方巽甫颇到过几次，小馆子，历史却很久，有几种特别菜，房间不多，靠湖的一面楼有两间最好。朴素，旧式陈列，还保存着老馆子的风味。在春夏间生意兴盛，对湖把酒，尤其是雅人们高兴的事，但一到冬天便显出冷落来了。屋子中没有大铁炉的设备，从北面湖上吹来的冷风比别处更使人受不住，因此生意便萧条得多。

巽甫看看只有向北面开的支窗，用厚桑皮纸把上层糊住，下面是整块大玻璃贴在小方格的窗棂上。从这里可以外望有月光的湖面。月光不很亮，水面上有些瘦劲的树影轻轻摇动，不远的小码头上几只沈寂的游艇，耸在朦胧中，静听着岸上断断续续的人语。仿佛在另一间小屋里有人也在吃饭，不多时偶然传过一两声的议论来，却不甚分明。大约是商量诉讼的事？因为“讼费，发还再审，律师”等名词时时可听得到。冷落得厉害，不是为商量这种事，欢喜热闹的人在这个时季里是不大愿意到这边来吃冷饭的。

这一晚，巽甫从局子回到寓所，从寓所忙忙地跑到湖边的酒楼上，总感到有一般说不出的蹩扭气。到处都现出落寞冷淡的光景；到处都若有一派凄凉肃静的威力向自己打击！偏偏是准时到了义修约会的地方，他却与女朋友逛湖去。想像他，除了性爱之外一切都像不大关心的青年，与自己终是合不拢来。虽然小时候的朋友仍然是有相当的友谊。……可是，至于老佟与金刚呢，这一年中与他们走的那么近，也算得是一派，不过性情上如是有好大的隔阂。老佟为人最厉害，野心也最大，他是口舌如箭心思如铁铸的角色，同时，在这城中出风头的青年谁也不能比。可是他那股冰冷铁硬的劲儿与自己真有些难于融合。金刚表面上不过是个莽撞孩子，又粗中有细，打先锋是他，讲连络也是他，就是火气重点，动不动只许自己，没把别人看在眼里。……自己与他们混在一起，思想上或者可说是也有共同之点，友情呢？……他想到友情两字，真感到自己的孤独！向来是傲视一切的，但在高傲之中深伏下一种顽强的病根，那便是不易与人合作。纵然谈论，主张，及至与人实行起来，便觉得处处碰头。

巽甫的心思就是吃亏在过于缜密，但又不肯在社会中显露弱点，好强的志愿，——踏一步在人前头的走法，他总不让人。但是在这整个的晚间，不知为了甚么勾起他平常不大注意的慨叹，怎么也难把心事平下去。

“伙计，先送一壶上好花雕来。”他站在又窄又黑的楼梯上口向下喊，接着有人答应了一句。他没来得及回身，楼梯下的皮鞋声已听得到，义修与一位女子说着话，随着脚步声飞上楼梯。

刚刚见面，义修就用手绢擦汗，脱夹驼绒长袍，喊伙计弄菜，一阵乱忙，不但没来的及与巽甫打招呼，就连站在楼梯口上的那个女子也没介绍与巽甫。好在巽甫两年前与这位擅长交际的女学生曾见过几回，虽没多说话也不陌生。

到屋子中，巽甫在薄暗的电灯下果然看见义修红润的脸上汗气蒸腾，有点气喘。巽甫摇摇头道：

“在密司萧的当前，我不应该说你，无甚么老是这团高兴打不消，人家吃晚饭的时候，你却溜到湖上去。往好处说么，是天真，往……”

义修赶急堵住他后面的话：“老巽，你真不留一点点面子？你明知道我是陪密司萧一同去的，对不对，候你不到只好出去跑跑，谁教你贵忙得连时间都不注意。本来呢，将来是有‘贵人’的希望的，无怪忙呀！——来，伙计，快快上菜，不是都预备好了么！”

那位只是照例稍带点微笑，话是一个字也不肯多说的密司萧，侧坐在一把靠椅上，既不驳义修的分辩，也不向这将远行的客人叙话，她从左臂挟持中顺手把一本小书取过来，減在漆光的桌上。心思自然不在书上，也不是故意装作要去看书。她在言语的纷忙中很沈静地表示出自己的态度大方，安定，从容。似乎即在酒楼前面起了火，成是湖中撞破船只，她也不愿理会一般。

她没有剪发，轻轻烫的柔发在后脑上挽一个圆髻。前额被蓬蓬的短发盖住。一双灵活俏丽的眼，涵着女子特有的聪慧。嘴唇稍稍尖凸，与高高的鼻准配成一个美丽三角形的图案。她对于这飘洒的义修无论在甚么地方与时间永远保持着一种不离开又不太亲近的相当态度。然而这被牵引的青年人却时时的对她注意，几乎把全付精神在她的身上用出来，她只是那样的平淡，不容易激动也不烦恼。

巽甫早明白义修常常为这等拍拉图式的恋爱所烦苦，失眠，做情诗，高唱着人生无常，赞美爱的神圣等等。虽然不止为了这一个女孩了，但给他以憧憬不安的，以至于情愿晚一年升学的就是为她。

他们吃酒中间，义修显见出很高兴，有她想像的情人也在一边同坐。觉得这对于将远适异国的巽甫是有光荣的。他绝不像平时谈起话来的态度，反而是欣乐得那么自然。巽甫对于这位被人称作浪漫派的朋友原来便有点不十分对劲，这晚上自己的心理那么不爽快，正反映着他的快活，不由得皱皱眉头。

“在你这次够得上是一个‘荣行’，不然，人家偏不会来找我。你要干，这难得的机会不能松手呀！你是我们那般朋友中一个深心的人，轻易连哀乐不现于颜色，凭这一点，所以喽，那个头目就看上了你！……”

义修轻轻地望了密司萧一眼，意思是把自己巧妙的话征求她的同意。不料她仿佛并没听清楚，用竹箸夹了一块糟鱼片在小磁碟中翻弄，脸上一点表情都没有。

巽甫接连把酒杯向唇边堵住，对准义修转过来的脸。

“来来，废话少说，我真有点看不起自命为文学家的废话篓子。为无聊！来，对杯看，谁喝得多？……”

他像没注意有这么一位学校之花的文雅小姐装扮的坐在一边，说着，一口气将浓厚的黄色酒呷下去。义修只能陪了半杯。

"怎么！你这是诚心送行么？不知道我日后甚么时候再得喝这么好的花雕，你平日原比我喝得多，干吗不痛快陪我？……不会醉，我敢保证你这好学生在密司萧面前不会失仪的，是不是？"

密司萧想不到这个终天板着面孔好说大问题的巽甫居然能够毫不拘束，不做作的当着女朋友面前狂饮起来。有点出于她的意外，眼角向义修溜了一下，看他正在不得主意，手指端着杯子只是笑。

"得啦，刘先生说话多爽快，给人家送行，还是往不容易走的远道跑，不应分喝一场？我讨厌人那份做作气。"

话是平静中散布着尖利的锋芒，这仿佛一道金光，闪闪的小箭头都投到义修的脸上，他不能再迟疑了。

"谁不想喝？我是怕巽甫醉了不好办，论起送行的意义也应该醉。……"

巽甫笑道："你就是一个矛盾论者，应该喝，又怕醉，找个中间的地方，四平八稳，不是？不喝又不要醉，真的难得。这么的不偏，不激，这么中庸的圣贤态度！"

密司萧听客人的语锋老是对义修下攻击，她明白这是为了甚么。本来请了客人又去逛湖，出于自己的主张，到这时反而使义修说不出答语来，虽然冷静，也感到这要用点方法了。

“刘先生，给你送行，给你送行送到那么辽远的国度去，就是我，陪你一大杯！你可以原谅呀！祝你的身体能以在苦难中奋斗能从比较中，……”她不再往下说了，很平静地先喝了半杯。

“好，谢谢你的祝意！”巽甫想不到她有这套话，对面看义修更显得局促。

以后又是义修与巽甫同饮过了，酒力使他们的言谈活动一点，巽甫的抑郁压下了不少。

义修的情感原是易冲动的，不过初时为了女朋友，自己做作些，被巽甫攻击了，又怕惹得密司萧看不起。这时候他渐渐露出本来的态度，敲着碟子的边缘，低声说：

“这一走不知什么时候可以再见，再见也不是以前的我们了！生活的驱迫，分化，谁能定准！巽甫，我以上说的话不是应验了么？可是论理正是该当，你不要以为我就得妈妈气。分别算甚么，痛苦算甚么，前路的辽远更不算甚么！只是凭这一颗真实的心。我们投到这个大时代中能说找乐子来的？哎！苦乐平等，亲冤一例，未来茫茫，还给他一个未来茫茫！”

他说着，真的两颗热泪在眼角上流动。巽甫反而不好同他说玩笑话了。虽然觉得这位富于情感的朋友所说的虚无的结论与事实相去过远，然而他的话确有点传感力。自己平常能以忍抑得住，但自这两天以来也有些恍恍惚惚了。所以一时倒答覆不上别的话，只向着酒杯上凝视。

“你们都批评我是虚无主义者，我那里真懂得甚么是虚无主义。个人的感受性在这个时代中不一样，享乐，吃苦，老巽，你说，咱们两件都做不到澈底！这才是深深的痛苦。依违其间便成了中庸，新名词叫做骑墙派。不骑呢？更是‘上不在天，下不在田，’无用；能无用到所以然却也罢了，自己又不能不思，不学将来像我大概是毫无希望的了！能用到正当的思与正当的学上去，我第一个先不敢写保险票！……”

义修喝过几杯酒后胆力增加了不少，不似初与女朋友到小楼上来时的拘紧。他的话没说完，却望望密司萧的颜色，又继续谈下去，声音有点高亢。

“冲乱了，冲乱了！……”

“冲乱了甚么呀？你的话好无头绪。”密司萧把眼皮扬一扬，问他。

“你还不了解我的心思？怕是故问吧。冲乱了每一个青年的天真；冲乱人生的途径；并且——并且冲乱了这整个的古老社会，后退是想不到的，可怎么前进？人在理智与情感中受着夹攻的痛苦，在青春中得打算深秋的计画，这一杯人间真正的苦酒，你如何咽得下？……”

拍的一声，他用右手掌拍着桌面，接着即时又灌下一杯，眼睛都有点红红的。

密司萧到这时也像深深地引起了心事，不知是故意还是忍不住，她用淡花紫手绢抹抹眼角。

巽甫用指尖在桌面上画字。

义修的议论说起来真似开了闸口的洪流，他另外提到一个人，“无尘无尘，你记得咱们那学佛的诗人吧？现在应该叫他的法号，不到一个年头，果然走回路。……”

巽甫听他谈到熬石的事却急忙地分辩道：

“我们不要笑话人！这事在他办去一点不奇，我也料得定他不能永久去当和尚。可就是这个半年多的苦熬的生活，是你能办？是我能办？平情论，我们就平凡得多了！”

“办不到，绝对不成！我连三天的假和尚生活不能过。但你猜一猜犯他的未来？”义修经巽甫这么一提，又注意于那个回家和尚的未来了。

“你这个人，未知生焉知死，不管他，你先猜一猜我的未来哩？”巽甫这句反问话确有力量。

义修默然了。恰好老伙计进来送菜，是一盘辣子鸡，义修忽地触动心机便淡淡地道：

“你的未来？——这件食品便是很好的象征。”他用竹箸指着盘子。

密司萧方在楞着听，把嘴角弯一弯禁不住笑了。

“解释出来。”巽甫没笑。

“有点辣味道。可惜是油腻的底子，——不清，再么，人家为吃厚味却不怕那点辣味。蘸点儿酱油，醋，混混颜色，连辣味也没了，剩下了。……”

义修打这个比喻其实是无心开玩笑，他的见解有时确是灵透，但对于自己却永远说不清楚。

巽甫并不驳辩可也不承认，低头寻思了一会，只说了一句：

“任怎么说，我不是《灰色马》中的主人翁，这话你得点头认可。”

“不是《灰色马》中的主人翁？你不是，准是我？可惜我想着学还学不来呢。道其实，我头一个不盼望你变成那种人物，根本上说，就不容易有那种人物在这个衰老的民族中出现？

“话说回来，你不疏懒，坚定，识见远，看得到，另外是一股劲。可是与老佟几个人不一样。他们，我算是同他们真正的分离了。他们看不起我，享乐派，虚无主义者，他们爱怎样评论由得他们，我甘心自告不敏；就是对你也得有这样的自告。”

巽甫对于义修近来颇有些地方看不下去，但是像这晚上的诚心话他觉出义修究竟还是个真实的青年，有时为了别的事藏掩几点，却不能改变他的本来面目。

义修并不顾巽甫对他说的话起甚么反应，酒与热情一个劲儿向下咽，他这时真有旁若无人的气概。

巽甫骤然转过头来对女客人道："你们很熟，密司萧，你觉得他的话怎么样？"

女客人用柔细的指尖捏着怀中所挂的绿杆自来水笔，若不经意地答覆：

"我不很懂你们这样那样的主义，又是生呀，死呀，这样的大问题，对不起，我没想到去研究。……"

那意思很明显，是不高兴巽甫这么不客气的考问她，又加上一句：

"我同谁都是泛泛的朋友，甚么熟不熟！"

巽甫想："怪不得义修被她，……小姐气分这么重的女子！……"但即时也点点头道：

"不懂也好！谁能真懂？我们这群人的事也等于盲人，瞎马……"

"管他哩，但愿一起撞到个清水池塘中去，……还好。"

巽甫紧接了义修的话说："那么你倒是甘心学一个清流了！……"

义修摇着头，端着酒杯楞了一回，忽地立起来向挂着的长袍袋中取出了一张张叠的虎皮笺，在上面是工整的毛笔字，他递给巽甫。

"这是昨晚上睡不着的时候写的，想送你一首白话诗，心绪乱得很，诌不出来。找一首古诗来代达我的意思，虽非己作，可是有它的价值。你看！"

巽甫接着过来把叠纸展开，的确是义修的亲笔，分段写着：

“悠悠世路，乱离多阻。济岱江行，邈焉异处！

风流云散，一别如雨！

人生实难，愿其弗与，瞻望遐路，允企伊伫。”

巽甫刚看完第一段，低低念着：“风流云散，一别如雨！……”“风流云散，一别如雨！……”蹙蹙眉头。

“义修，你何苦找到这样感伤诗句写给我送行。”

“这是我的自由，我的真感！老巽，收留在你，路上抛掉了也在你。你想：——这是甚么时代，我们混的是甚么人生？说不伤感，我来不及呀！我也知道人要有铁一般的意志，委决下一切往前闯，但同时，我却不能轻视了青年的感受性。”

巽甫不同他辩说，接着往下读，声音自然地高了，脸上的汗光在电灯下也格外明亮。

“烈烈冬日，肃肃凄风。潜鳞在渊；归雁在轩；

苟非鸿鹏，孰能飞翻？

虽则追慕，予思罔宣。瞻望东路，惨怆增叹！”

这是第二段，义修立在桌边不说甚么，但把第二行的八个字指着教巽甫注意。

第三段写的不及上两段的工整了，仿佛表示出写者当时的心理，字迹是横斜，行也不正。

“率彼江流，爰逝靡期。君子信誓，不迁于时。

及子同僚，生死固之！

何以赠行，言授斯诗。中心孔悼，涕泪涟洏。

嗟尔君子，如何勿思！”

“太丧气，太丧气，末一段简直可以去掉，怎么讲到生死，还涕泪涟洏。有感受也不要这份女子气！……”

他还想往下说，但记起坐上真有女客人，知道这话太直率了。密司萧在一边也看这三段诗，听巽甫的评论，却不讲甚么。她的个性即在沈默中也往往令人感到锋芒的锐利。

“诗人自然有过火的形容。其实最令我感动的还是第二段。你想，我们这一伙除了你不都是等于潜鳞，归雁么？虽是想，虽是企慕，不过在纷扰苦闷的生活中多添上一种说不出的心思罢了，其实是值得甚么！……”

“义修，不管怎样，我感谢你的真恳送行的意思！不错，风流云散，当然的，可是在未来难道我们并没有一个风云聚合的时代？世路的乱离，正要大家共同努力把这条长满了荆棘的世路打开。义修，你说你甚注意于第三段，但是我也借重这一句‘不迁于时’的话转送你！……情感胜于理智，在现在和未来是多少要受点损伤的！”

实在巽甫咬着牙说这样理直气壮的话，他现在心中的扰乱自信比义修还利害。义修不发甚么议论了，只望着有绿色点子的笺纸出神。

暂时三个人都不再说甚么，静听着窗外的干芦苇在风中低唱着凄哑的寒歌。街上有曼长的叫声，是卖食物的在巷子中叫卖。楼下也听不见刀勺的微响。隔壁屋子中早没有动静，人已散去了多时。

## 十　七

向来是崛强的身木，从中学三年级回过故里一次之外，他决心要把自己做现社会的一员。对于古旧的一切他真想用了自己的力量向后打退，老家族制度下的家庭，从他在乡间小学校读书时，他早早便认为非粉碎就得抛开。眼见着他的上一辈人的挥霍，自私，模型的纨袴子的行动，他的平辈远一层的兄弟们，才力的误用，游荡，侈奢，女子们的敌对，争吵，每个人与另一个嫉忌，倾轧，面子上是那末雍容和平，其实这已是同居了三世的老家庭，十足代表了一个没落的士大夫人家种种的坏现象。他在心中原有下了愤恨的种子。恰好他方升入省城的中学便遇见了全国学生的剧烈运动，新思潮到处澎湃起来，身木投身其中，觉得自己的生之力有了尽量挥发的机会；觉得他的前途有一把明丽的火焰，等待着作他终身前进的引导。他看不起那一般专在会场上与报纸的记事栏中出风头的青年。秉了父亲干练作事的性格，与南海边乡村女子的母亲的沉毅忍耐力，他是要找一条道路去对社会打交手仗的。所以在种种集合中，他不妄言，也不与那些浮夸的学生作朋友；他更不轻易凭着一时的感情冲发便加入甚么主义的小组团体。“干”的一个字却是他的特长，认定的事曾不向回头想。因此大家都叫他做豹子头，借用了《水浒》上勇气与颇精细的好汉诨号送给他，绝没有取笑的意思。在纷乱虚浮的青年团体中，谁都明白他是一个硬性的，热烈的，能咬住牙向前冲的人物。虽然那些高论派的学生讥笑他不会思想，不懂分析理论的方法，他皆不计较，心里却对他们冷笑。

从再一度被拘留以后，他不作重回故里的梦了。还有母亲，妹妹，小弟弟们，但他另有所见，有工夫要尽力地读书，活动，不肯把他的时间让家庭的温情消磨了去。

正是巽甫随了那位政治运动的领袖远行的期间，身木却升学到吴淞的一个德国式的工科的大学中了。

他立志要从科学的发展上救中国，虽是在思潮激荡的几年中，他在学校对于算理与理化一类基本科学的功课却分外用力。所以能考入这个素来是以严格著名的大学。当时北方的唯一学府成了各种思想的发源处，青年们都挣扎着往里跑。他却走了别途。他不轻视思想的锻炼，可是他认为在这个时候如果要输入西方的思想须有科学的根基，否则顶容易返回中国人的老路子去，——

议论空疏找不到边际，也无所附丽。

江边，秩序生活的上课，自修，加紧地学习德国文，语。虽然忙劳，身木反感到比在中学时思想上更有了着落。而且也能脱离开好争吵，好高论，好浮泛地批评一切的那些朋友的围绕，使自己的心更能向深沉精密处用。

自然，古老纷杂的社会与私人权利之争取的政潮，照例的内战仍然在继续扮演，而且愈来愈厉害。一切，一切，都是必然地要预备一个大时代的来临。身木却很安然地暂时抛开了那些纠绕，用力读书。他想把有用的学识多少挈取一点，好献身于未来的那个时代。

十一月的初旬，虽在江南多少也感到清晨的薄寒了。他记挂着有好多生字的德文课本，忙忙地吃过校中的早饭，挟了几本厚书，想到江边找块清净地方习读。走过学校的号房时，有人给了他一卷报纸，两封信件，他匆匆看了封面，便塞在衣袋里往外跑。

不多远，他在江厓上找到一块还微有枯草的土地，坐下，把书本丢在身旁。拆开那封贴着异样邮票并且盖了他不认识的怪字邮戳的信件，白色信笺上第一行字很疏朗地认入他的眼帘。

“原来真是老巽的！……”他想着。

信很长，看完一遍，他毫不迟疑接着从第一张起再看一次。

在初冬的江边，景象反显得清肃了。遥映着一线明流的长江，入海的水色绝不是那末混浊了。三五个，从不知何处飞来的枯叶轻轻地点到水面上，毫无声息。天空中掠过几只瘦小的燕子，翩来翩去，他们早感到觅食的艰难。有时近处有汲水的农妇，裹了包头在小道上行走。这地方距学校略远了，听不见有甚么人语。

寂静中身木十分注意地把这封长信阅过两遍，他一手在地上支持着身子，一手把信笺信封握住，只望着茫茫的水色凝思。

除掉描写一些新奇与荒寒的风景气候之外，那些隐约的字句中间明明是那位领袖给予他一个提示，而托意于巽甫写的。很明白，身木是澈底明白的！那位干政治生活的精警而又富有经历的中年人，对自己早有认识。而最南方的政治运动的连锁，在这中年人那里自己也听到一些半公开的消息。……但自己原想应分把学程在这四年之内作一结束，然后再冲到社会中去火拼。这一来呢！不错，仍然是求学，方向可转了；仍然是有力的奋斗，而在将来的锻炼出来便须直接在政治行动中翻滚，与纯粹想研究科学应用的志愿当然不是一条路。

他一动不动，目光从浮荡着一层薄烟的水面上移到晴空中的流云。一碧无垠的远空被东方的朝旭金光映耀着，过细看，仿佛有数不清的蓝色小星在金丝交织的密网中跳动。流云，——轻柔飘逸的棉絮把闪闪的蓝色小星迅速地收进去，接着又放射出来。空中，在这时的身木仰望去，是这么神异的有趣的现象。

他不是诗人，近来更少闲心去对自然作痴妄的设想，或赞美。但为甚么呢？现在他忘记了颇为拗口的德国语，文，忘记了拆着寄来的报纸，只是向空中出神。

忘我般的境界，……他颓然地伏到草地上了。

为科学而牺牲一切呢？还是为急于求国家与民族的解放运动而投身于争斗的政治生活中呢？

他对于恐怖已身的利害关念倒不在乎，他要选择的是走那条路，可以迅速地挥发自己的力量，能为这快要沈落的国家担负点救急的责任。

对于自己的个性还难得有明确的判断。他想："也许他们都把我看做一个有力的斗员，不避艰难，不辞劳苦地向前冲：也许他们认为像我从此沉潜于专门的科学中是缓不济急，是用违所长，但我自己呢？在这如火如荼的时间中，任这孱弱疲乱的社会中，一个怀抱着热情的青年究竟要走那条大道？"

身木分析不出自己是甚么心情，只感到欹倒在这么美好的大自然的怀抱中心上突突地跃动，鼻孔中微微有点儿酸咽，呼吸紧迫，似乎眼里有几滴泪晕却没曾落下来。

农妇走过的干泥小路上过来两个人影，看不清是那两位。他知道是同学，从他们穿的服装与蓬蓬的头发上可以看得出。像是为了自己在这儿，他们也迅速地跑过来。身木虽然在这时不喜欢有人来打断自己的沈思，却又不便于走开，只是把那一卷报纸在草地上抛着玩。装作很闲暇的态度，同时那封长信已随手塞到短衣袋中。

“骨忒毛尔根！哈林李！”他们的一个已飞步到了身木的旁边。

“哈！毛尔根！……原来是小刘，你们出来得早。”

身木认识小刘是自己同年级的学生，一个精悍短小的湖南人，走起路来照例是连跳带说，似乎他不会一刻安静的。深深的眼窝，眼光是那么厉害，与人谈话一不合便用拳头，又是个演说与在同学中当代表的惯手。

另一位在后头缓缓地走，细瘦，身个儿高些，一付圆眼镜罩在他的苍白色的脸上，仿佛显得很神秘。灰布夹衫上面有几点墨汁。他是靠近上海不远的学生。生性沉静，外面看像是个典型的旧日诗人，然而他善于读书，分析种种的思想，作事是不轻易发动，也不轻易消退的。大家管叫他三年级的哲学家。他与小刘恰好是一对不相称的对比者，然而他们也常谈在一处。

身木同这两位有相当的交谊，却不深密。

“喂！老木，人家说你有点儿木，不差，你看，大清早，——又不是夏天，独个儿坐在冷草地上受用甚么?”小刘说着把两个膝头一冲也坐下来。

“不见得吧！身木才一点也不木木然！你们只能在学校中看他埋头用功，简直不像一个年轻的时代人，叫书本把他全拴住了。不，他才不哩！你不知道他倒有股热劲！”

在后面，几乎是学着踱方步的那位哲学家凑上来，双方扣在背后，淡然地，不在意地批评着。

“高，……哲学家，哈林高，你难道知道老木的事比我多？”

“我听见他的老同乡们谈过他。”

“怎么？”

“谈过我些甚么？”身木耐不住了。

“真性急，一个怎么，又一个甚么，告诉你们吧。老木是个强健分子，能运动，能打架，能与敌人短兵相接，还能不怕事，不前思后顾！……”

“怪不得人家都叫他豹子头，他真有这股劲？”

小刘若信若疑地反问。

高把眼镜摘下来，掏出布手绢细细地抹擦着道：

“别瞧我与他年级不同，——是不是？老木，你的旧同学在我那班中有好几位，他们很佩服你的精神。在中学时代的热烈生活我都听说过了。”

“好！不是你说，我们倒坐失了一个同志！哈林老木，为甚么你老是装模做样，到大学中来反而学起大姑娘来。”

“正是本色，为甚么装模做样！我们原是为用功来考入大学的。”身木用手按住报纸卷，似不关心地答覆。

“救国与读书绝对地要双方并进！这是一个甚么时代？中国沦落到次殖民地的地位，军阀们钩心斗角，杀人，占地盘，帝国主义者的强取，豪夺，平民的流离，困苦。……”

像对群众作宣传一般，小刘开了他那整套的话匣了。身木急的把报纸卷连连摆动道：

“小兄弟，收住吧！我还懂得这些着数，不才也像你一般对若干人宣扬过如此这般的教义。”

“言而不行！老木，你既然甚么也明白，为甚么？……”小刘急性的质问几乎令人来不及答覆。

身木突然从草地上跳起来，拍着小刘的尖膀子道：

“你说我言而不行，你呢？行，为什么还是抱了书本子靠钟点，你说！大约你的大道理？”

小刘把刚才瞪的大圆眼睛转了一转，在舌尖上不来得那么容易，他的厚嘴唇撅了一下，高立在一边禁不住哈哈地笑了。

“这回可是小刘自己把话说过了火，收不回来。人家当年的运动比谁也不坏，同志，怕不是早已加入了！还等得你来作激将。”

“那么你是否入过党？……”小刘忽然单刀直入了。

身木装做不懂的神气，“甚么党？”

“现在还有更重要的革命党，你这人真会装扮。”

“装扮甚么，自然我们不是谈安福党，脱靴党，若是现在有力量的党那个不在提倡而且预备着革命？不说明白，我何从答对。”

高看身木老是逗着这急性的孩子，便忍不住正经地解释道：

“不要玩笑着耽误工夫，老木，当然明白我们是说的在改组中的民党，现在虽然不十分公开，然而在上海却是有巨大的组织，正在吸收有新了解新力量的分子。也许老木比我们更晓得底细。我认为这是未来中国的一条出路！……总之，欲救中国非有大规模的革命不会振刷一切，而现在具有这样大革命的力量的更有那个大党可以办的了？小刘，他是，——他原是……”

高说到这句，向小刘看了一眼，觉得小刘没有阻止的意思，便接续着说：

“小刘原是西皮，所以不用重新加入。我入党没有多日。老木，你是前进的青年，所以我们在校中寻找合格的党员，你是一个。不过没机会问你，今天碰个恰巧。”

“噢！你们都有使命，那么我恕刚才的不敬了！”身木且不说他已否在党，反而很悠闲地同这两位扯谈。

“说正经话，老木，你是否在党？”哲学家原是一个热心劝人入党的信徒，他看定了身木的革命性，这一回的谈话一定要一个结果。

身木摸摸额前蓬蓬的厚发，爽然地道：

“说正经话，我现在正为了革命的使命苦恼着。高，你看得我不差。你听来的我在中学时我的行为，……那一切是我的。由此你可完全明白我的性格。哈林高，小刘，我们真是同志，我在升学时早已在党了。”

小刘跳起来，握住身木的一只手道：

“我说我说哩！……”他喜得两只脚更番着耸跃。

高倒是不怎么易于冲动，他早已猜到这沉静不群的老木是个党会中的青年，却想不到在党的那样早。

“比我早得多了，是不是在北方加入的?”

“嗯，在北方。”身木毫不迟疑地说。

“这就完了，我们是同志！——又是在一个学校的同志!”

“对呀，我们是同志!”身木也接了一句。

“校中现在的同志太少了，方在介绍与向有可能性的同学宣传期间，其他的事还不能作。”

小刘仰仰头，把拳头对握起来。“所以说这就是我们的特长，讲纪律与组织，懂吧，老木?”

“无论如何，现在我们是在同一的革命领导之下了。”

小刘也笑了，“自然，互利则相合，如今两下里单独干都不是容易把敌人打倒的，至于后来的事，走着看哩。”

身木想不到外表一股楞气的小刘是一个这等角色，

说话也真有点锋芒，有些地方简直像黎明学会中的金刚，只差年纪比金刚还小三两岁。由这几句话，日后身木对他很注意，不敢轻看他是一个冒失小伙子了。

这时草地上早已被日光照遍，田野间来往的人也渐渐多起来。江面上那一层朦胧的薄雾完全消散。他们重复谈着组织与革命方法的大问题。身木看明了两个人不同的性格，自己的话便有了分寸。本来他是个毫无机心一往直前的人，但经起中学几年的锻炼，与在这个大学中一年的沈潜用功，他对于人情与事务的经历明白了好多。天然的政治作用的分析性他渐渐能以发挥应用了。

现在他觉出高是一个书呆子式的理想革命者，小刘虽然浮躁一点，的确有过相当的训练，比起鼓动与组织的能力来大约自己真得甘拜下风吧。

他略略同他们谈过北方的党的秘密情形，与青年界中的倾向，但那封劝约他将来到远处入学的信却没露出一个字来。

高自然做梦没想到这一件，而小刘却一样的明白了。因为这是党中的秘密计划，打算派定多少党员到那边去学习，训练，小刘的消息灵通，比身木知的还早，并且他也在预备派送中。

他两个却都无从说起。

快十一点了，他们一同回到校里。午饭后身木在自修室中预备写信。摸起信笺，也记起早上的两封邮函还有一封由家中来的并没拆封。

他把那封有红线宣纸底子的家报平放在书桌上时，免不住微笑了。

信中的消息很平静，惟有他身下的弟弟在中学生病，与说及坚石家居学做旧诗；使他一忧，一笑。信是他的妹妹写的，很长，很乱杂，有许多琐事本来不需写的也说得令人可喜。有一段是：

“石哥有时来一趟，往往半天没有话讲。他这个人希奇古怪，自从下山以来在镇中很少有见他与人说话的。我不管，见面便来一套，尽管讥笑他，他可不生气。一次出家，深得多了。近来与老先生们研究旧诗，听说大有进步！安大哥从前瞧他不起，如今倒称赞起来，说‘他另有慧心，（会？还是这个慧呢？我说不清楚。）青年中算是有觉悟的！’这真是各有所见呀！不过据坚铁哥说：‘他不能长久这样蹲下去，’不知甚么缘故，有时外面有信给他，似乎人家约他到那里去帮办学校？这事连大哥也说不十分明白，我看也是如此。学校，自然他不想再入了。三哥，你也觉得他是可惜吗？”

想到回家的和尚学做旧诗倒不是出奇的事，然而看到才十五岁的妹子能长篇大论地写这样有趣味的信，身木觉得异常高兴！比起那个政治领袖与巽甫由冰天雪地的怪城中发出的那封信来，这封琐细温和的平安家报分外令他感到闲适的柔美。家庭，——这个古老温情的旧影子有时也在怀抱着远志的身木的心中跃动。

他呆呆地把两封都平摆在桌面上，式样，墨色，邮票的花纹，都不同，其中述达的意义相差得更远。

他想："这也是一个小小的东方与西方吧！"

想到东方与西方，一个有力的联想使他急于要找书看。某名人作的东西文化及其哲学，报上有许多评论，自己却没有得工夫看一遍。想着立起来，但又一转念，今天是星期日，图书馆不能开门！重复坐下，他暗笑着自己这一时的精神何以这样的不集中。

# 十 八

距离身木与小刘，高在江边的密谈时间，又几个月下去了。在北方，才迎着初春，而在急剧变化中的革命潮流也像时季的开展，由蛰伏的严冬转入万汇昭苏的春日了。在各个都会中间，半秘密的组织歆动了许多苦闷青年的心，他们被精神上的压迫与事实上的苦痛紧束得不能喘气，所以一听说全民革命，将来实施那高扬出的主义重新建造新中国，——这热切的希望在一时中给大家增添了前往的勇气，与牺牲的精神。尤其是一般的大学生成为酝酿革命的中坚份子，而性急的中学青年也有的抛弃了学业到南方去另找出路了。

虽然有些地方的军人正在拉拢着一般人替他们的武功作升平的粉饰，更有强据着几个省分，向平民无限度地榨取，实行绿林式的办法。然而在这样混沌痛苦里，热心的青年们已经从渺茫的远处看到了一线的明光。因为窒闷极了，有点血气的都来不及等待，又因为那是条比较容易走的大道，于是在这条大道上追逐着许多可爱的青年男女。纵然为甚么去走这条路自然不能一律，然在初上路时他们大多数却抱着一颗热诚与纯洁的心。

在这个一切都蓬勃着的初春，坚石恰好再由故乡走出来。他是个在家的和尚而他的心却仍然与时代的钟声应和着响动的节奏。

属于北方一个省会的靠海的西欧风的小都市，人口极少，除了德国话与日本文字的遗留之外，便是机械与外国人的力量。平静的海面，常像是在阳光中含笑的密林，冷静与整齐的马路以外，便是新机关的种种中国字体的招牌，与从各乡村中招雇来的叫化子的灰色军队。他们趿着青色的，蓝色的，有的是破白帆布的鞋子，零乱，参差，在沥青油的道上，普鲁士式的楼阁前而高唱着难于成调的军歌。这种显明的矛盾像以外呢？有的是交易所的人头攒动，与……的拍卖。这样的地方非冬，非春，只不过是在凄凉中延捱零秋罢了。

但自从头一年的冬天起，这小都市的中心居然有了一个预备着散布春阳的集体。

那是个规模较大的中学校。头一次在一些教会学校与东文的速成学校中以新动的姿态向有志的学生招手。创办的人一方为教育着想，另一方却是利用民党的老方法，想把学校与思想宣传打成一片。学校的成立是与巽甫同走的那个政治领袖有关系。因此静修了一这时期的坚石又有机会重向热烈的群体中去作生活的挣扎。

把肥大的长衣脱去，换上整齐的制服。他终天管理着款项的出入，兼着训育上的事务。虽然不给学生上课，那份很重要的工作却使他很少着闲暇的时间。

本来家中的意思在他初从寺院里逃回来时，谁也不放心他再向外走。就他自己也想不到作过和尚的人还能再干世俗的事务。在矛盾的心理中间，他还盼望有里面的精神调和。他抛不开对佛法的那一份信心，可是情感的激荡，他知道空山清修的不能长久。躲在乡下，他想学学安大哥一类人充一名退落的智识者的“槛外人”，或者如他的哥哥坚铁的“对付主义”，然而都学不成！家庭，故里，亲族，只是模模糊糊还浮留着一点点的温情，若有若无，那是万不能把他的心情留恋得住的。逃避于达观的，空旷的思想中，他已经试验过了，耐不住！读一些旧日的笔记，诗，词，原意是想向此中陶醉，但及至把那成套的词藻与定型的老诗人的想法放下之后，问问自己又是一个空无所有了！因此，他到家不过几个月，便重复坠入沉闷的洞中。然而他不能再说甚么了，一切由自己造成，怨人不对，怨社会更显得自己的薄弱。在混沌中度日子！听说巽甫远往冰雪的国度作短期的考察去了，身木投入大学，老佟，金刚那几个最激烈的学会中的分子早已没了消息。每每想起以前的事，如同追寻一个美丽的旧梦。

因此，他不但精神上天天郁闷得利害，身体上睡眠少，脑子痛，有时有很重咳嗽，饭食也见减。

坚铁知道的很清楚，这位神经过敏的弟弟是没有更好的解劝办法，除掉有一天他自己能踏定脚跟。他的母亲从坚铁的口中明白了这孩子的苦闷，把想用母爱羁留他的心思也不得不淡下去。

有这样有力的原因，所以这个中学的主持者想到坚石，往乡下邀约他时并没费甚么事。

星期六的下午，校中只是一班学生有临时的功课。事务室中那位瘦小的书记先生，忙着用誊写纸画文件。这边的时季迟些，铁炉安在大屋子的中央，还燃着微温的碎煤。两个黄油粗木的书架堆摆着不少颜色陈旧大小不一律的书籍。一只小花狗蹉卧在火炉旁边静睡。从玻璃窗中向外看，大院子中的浪木，铁架，跳台，鞦韆，都空荡荡地找不到一个人影。

坚石正在清记这一周的账目，珠算盘子时时在他手下响动，铅笔在硬纸簿上急急地抄写。他十分沈着地干他的事务，如在学校时复习自己的功课一样用心，刚刚完成一个结果。他看明白全校的经费，除掉按月由当地的行政官署收入一批补助费外，这一个月大概又有几百元的亏空。本来没处筹划更多的基金，全靠了学费与捐募。……坚石望望簿记上的结算数目字，放下笔站起来，重复坐下，用上牙咬住下唇。恰好书记先生也被手中的工具累乏了，回过头来，对望着这年青的会计员。

疲劳，倦，急闷，空间的静寂，引起他俩的谈兴。

“无先生，”书记也随了大家，不称呼坚石的姓，而用他的法号的第一个字来代替。

“无先生，咱俩也像是一对？那天吧，不到五点以后离不开这两张桌子。……我每天到家吃晚饭，拿起筷子来觉出那又瘦又痛的滋味！……”

坚石把账簿合起来，转过身子。

“天天么？第二天怎么办？”

“天生的穷命！第二天早上便会忘了瘦，再上手工机器。从八点半到五点，除了一个钟头的午饭工夫，你是看得见的，不必提了。”

“不然！据我看你这份事还是好，中国穷命的人太多，你不见一群群的叫化子为了一个月几块钱掮起枪来卖命？……”

书记还是用钢笔尖在蜡纸上画字，听坚石的慰解话并没抬头。

“无先生，你这个人太会退一步想了！都像你，咱们还讲甚么革命！不是？天天讲民权，还有民生，我虽然不懂，却也听人家一点尾巴。……若是都能安分知命，革的甚么？等待自然的支配好了！”

“好，想不到你倒是一个革命份子！怪不得跑到这样学校里做苦工。不过我是说的比较话，那能劝人去知命，……再一说，你知道我的事。……”

书记用左手摸摸他的高颧骨，点点头。“还不知道！你是打过滚身的人，不像我，但图一月拿十块钱的薪水糊全家人的口！许多事弄不清爽，你可深沈不露，更不像说说图口快呀！”

坚石听了这中年的潦倒的写字人似乎是惦弄自己的话，反而苦笑了。

“那么，你认为我是个怪人，是个秘密的深沈人？仿佛我另有目的才来吃这份薪水？……”

“当然，当然！你焉能同我比！”

这么冷峭的答覆真出乎坚石的意外。明明同在一个屋子作事的人，因为事务与收入不同便有心理上的许多差异。一点不了解的感动却急于分辩不出，他蹙蹙眉头，把话另换了一个题目。

“虽然同事了一个月，没听见过你的思想，想来你不是落伍的人，一定赞同革命？……”

话才说了上半段，书记把钢笔重重地放下了。“岂但！……哼！”

“噢！我是问你的话，如此看来，果然时机到了，你是一个！”

“对呀！中国的事弄到这般天地，处处没了人民的生路，凡是明白点事理的人谁不想有个翻身？我只差少喝几年墨水，不是，……是没有钱买墨水喝，心还不比别个下色！国民革命，革命，有那一天，管甚么家，孩子，老婆，打小旗我也干！……”

书记的一股愤气真比那些上讲台说主义的先生们劲头还大，“我也干！”这三个字的下文很有意思，那一定是：“像我也干，你呢？你这当年到处演说，组织学会的学生！你呢？”

从他的炯炯的目光里坚石先感到这位谈话对手的光芒。以前只知道他在校中有种硬劲，不大理会人，沉默，想不到说起来却立刻使自己受到精神上的窘迫。是啊，革命，革命！自己从木鱼佛咒的生活中逃回来，因为有熟友的要约到这个中学里来变成一个勤劳的事务员。明明这是个革命的宣传机关，大家不避自己，却也不叫自己分任秘密的职务。他们态度是这样：“你是在新流中翻过滚的青年，思想与见地还用到教导？路有的是，任凭你选择着走！我们当然不外你，可不勉强你干甚么事。党，也不尽力介绍加入，随便，看看你这返俗的和尚对于未来是有何主张？——也许你在以后成了一个俗流。”

不经过唐书记的言辞挑斗，坚石在这个集体中也早已感到这样的待遇了。所以这一时他对书记的态度分外关切。

“佩服！也应该来一个‘我也干！’”坚石的额上有点汗晕，“唐先生，你希望我能坚持下去，为将来的国民革命助力！”

唐书记拍拍他那略尖的头顶道：

“无先生，那还用提坚持，这不等于诗经上的话‘矢死靡他！’没有这么点傻劲，那是投机分子！我现在开会必到，应派的事务不瞒你说，干的比谁也高兴。我们这样人比起会想会谈的先生们来，别的不敢说，可有这一日之长！无先生，你等着看！大话多说了也许无用！”

这话的刺又飞出来了！坚石一阵觉得脸上有点热，尤其是从他那紫黑色的嘴唇中迸出那四个字：“你等着看！”

“你等着看，”字音仿佛如烧红的铁针一样，扎入自己的心中。

唐书记瞧着无先生不急着接话，便很从容地两臂一伸，打了一个呵欠，摇摇头，只差没叹出一口气来。

丁零零，丁零零，最后一班完了，几十个学生说笑着从楼上跑到操场里去而教这班的教员挟了一包书，吹着呢子短衣上的粉末却冲到事务室来。

“喂！无，校长室中有转给你的一封信，很奇怪，刚才在走廊中碰见校长，他说：要请你快去！——到他屋子里看信。该给你带口信，下楼时他正拿着信来找你，不知为甚么又叫我说请你上去？——那封信怕是有点事，我看了两个字，是从河南寄来的，还印着甚么军？”

这位教员是出名的毛包，有话藏不住，专能替人效劳。

坚石不知从甚么地方来了这么封信，更找校长代转，便来不及同唐书记再说话，随手把簿记锁在座位后的立橱中，匆匆走出。

# 十　九

“喂！无先生，你怎么老是在操场里转圈子？我来了一刻钟了，站在树后头看，怪有趣，头一回见你想心事。”

坚石正在带露珠的细草上来回数着步儿走，太早了，学生来的还不多。他的青薄呢校服有两个钮扣开着，皮鞋上满是水滴。他似乎在寻找夜来没完的梦境，一双眼睛里泛着兴奋的光彩。想不到有人在寂静中喊叫，他立住脚对那位偷看者惊掠了一眼。

“起得真早，从你家到校中来不得半个钟头？我们的早饭还没做熟呢。……”

“无先生，我早来就为同你谈谈，待一回没有空，昨天你不要以为我说傻话，直心眼！别瞧不起是穷，可不掏谎，我看你是个有心人。……”

坚石向前挪了几步，苦笑着，“你说我有甚么心事？”

“自然，我有我的意思。自从你到校两个月了，人家先前都说你有神经病，近不来；说你是学生脾气瞧不起人；又说你古里古怪，当过和尚撞过钟，不是凡人。这些话职教员们偶然聚在一堆便成了笑谈。——不是奉承你，咱一个屋子办事倒没多交谈，不过从你办事，——对学生，管财政上留心，我知道你，你不是他们那般人。……”

想不到这位瘦小的书记先生，竟对自己这么倾心，坚石向他再掠一眼道：

“我本来是这样的一个年轻人，尽人家说去好了。我不会对这种种的人讨好，生性就是如此。你也许看的不准？”

“不，我岂只是看明白了你是个好人，你还有你的理想！”

“理想？”坚石不禁蹙蹙眉头，两只手紧紧地握着。“理想倒怎么样？现在理想当不了饭吃。我若是准往理想上走时，还来吃这一口饭？”

书记先生把手中的食品布包，（他是不在校中吃午饭的，自带着食物。）惦弄着点点头。

“说是如此可得忍耐着向前跑，也许理想便成为现实。——谁没有？我，你看看不是一个工人？一天到晚，写字机器，吃了今天想不到明儿，理想距我应该有十万八千里。不过我在这地方混久了，甚么气都吃过，到处看不顺眼。吃亏偏在好看报，性耿直点，压不下自己。

干！更好，谁都行；能把中国干翻过来，使大家不吃外国人的气，不受中国有枪阶级的糟蹋，那就是上了天堂，——死也情愿！我想你早有这份心；应该有的，不过你这个人不好露。”

坚石平日原知道唐新记是个头里硬的汉子，时常发些不平的牢骚；但没想到自从昨天他们谈过一场，才知道他的革命性是这么激进，从他的脸色上可以看的出，这丝毫没有假。但一转念，这忠实的中年人把那片不平的心情整个儿放在革命的希望上，将来是不是会如其所期？坚石虽然出来为的是找事情度过自己的空浮无着的日子，而本来是往理想上走的性格却不会长久在寂寞中消混下去。从昨天接到那封远远的来信有大半夜睡不安宁，这时被唐书记的感情激动，越发把自己的心绪扰乱了。

一方还是想从几乎变作灰烬的心上期望一点点理想的实现，另一方使他迟疑不安的却有他的怀疑性，在不调谐的意念中作祟。他听着书记先生的话十分佩服这个简单人的热诚，然而他可不肯完全随同着说。

“我以为这次——未来的革命，便能完全成功？中国真能到了最大多数有幸福的那一天？我们这样萎靡困苦的民族可以获得解放？”

“若是先没有这一份信力，干吗？咱都得洗手了！自己都不信，怎么同人家讲。无先生，你的聪明可惜只能在这一面过用了。革命虽不佳，强于不革命，这不等于‘宪法虽不好，强于无宪法。’是不是？甚么书上有这样一句话，我是听人家说来的，你可别笑。现在说两句正事的话，你知道咱学校里真正革命的有几个人？”

“你真问得有趣。还没革命，还没有竖大旗，‘夺关，斩将，’我知道谁革命谁不革命！譬如你口讲，先算不得证据，得到时候下手呀……”

唐书记拧一拧他那稀稀的眉毛。

“你说不下手的便非革命？好！等着瞧！可比连想也不想的一般人怎么样？”

“照例说那不是革命；深一层便是反革命了。”

“反革命！我看这等人不少，不少，咱们这里就没有？”

“管他哩，多一个未必成功，少一个未必就真少一蠹虫。”

坚石仿佛很高傲地在看不起一切，更像根本上他对于革命的希望不怎么强坚。话是浮动的很，心中真像有个陀骡的玩具尽着在转圆圈。

唐书记向吐发着嫩叶子的槐树林中重重地吐口气，“罢哟，无先生，你老是这么不三不四的，还不及当和尚好！再一说，你失望了便出家，忍不住寂寞随意同娘家，不能老实吃饭，又是前走后退，心里像没有吃过定心丸。我真替你可惜，替你可惜！”

唐书记近来对于国民革命的主张愈来愈有劲，下班后背人读三民主义的书籍，借校中提倡革命的报纸看。他的身体上少有闲时，然而他的心却充满了希望光明到来的快慰。对于坚石的为人他觉得十分同情，却又十分惋惜！

“时不再来。无，你还迟疑甚么！像我是有你的自由，早走了，向外头飞飞，看看这大革命前夕的景况。”

真的，时不再来之感坚石自己早已深深地觉到了。不过他的决断力不能即时追随着他的见解向前趱，他的怀疑使他少有“矢志不移”的企求。

他把一双鞋尖竖起来，用力落下。一次又一次。双手放在衣袋中。脸上冷冷地想甚么事。

“昨天校长无甚么事找你？看样很急。学校中有变动？”唐书记忽然记起昨天的事，与这一清早坚石在操场里转圈子想心事的神气不无关系。

“没……甚么，转给我一封信。”

“不错，我听说过，你私人的吧？与学校没关连？”

“嗯，你怎么挂心得很！”坚石的疑念又动了。

“放心！无先生，你想，即便与学校有关也扯不到我这写字工人身上。问的这么急有我的道理，难道你就不知道外头的风声？我曾被人家打听过，咱这里是本地天字第一号中国人自办的中等学校，在现在人家早上了眼。还不明白？董事，创办人，都是清一色的，……我挂心是为的团体，为的对学校的爱护。”

唐书记更靠近一步向四围看看，上厓的篮球场中有四五个学生正在练习投球。槐树林子外的大道上有乡间来的一辆单套骡车，上面重重地载着些松毛堆。他转过脸来低声道：

“是，这里还差得多，省城的抓人案子时常出。对于以前的民社中人他们更注意。自从上个月咱们学校左近时常被侦探监视着，这个消息知道的人不多我是最近才听说过，因为我有位同乡在他们的队里干活，……小心点！你可关照大家，我不愿意先说。……”

唐书记的话没等交代完了，一阵预备上课铃在三层楼上响起来，即时校舍的走廊上有许多脚步声。唐书记便不再续说，匆匆地挟了食物布包走入了校门。

坚石因为自己的职务究竟还可以自由点，他仍然立在草地上从衣袋中把昨天收到的挂号函取出再看一遍。意思很清楚，就说那边需要人，坚石若还欢喜为国家为军队尽尽义务；再便是为朋友帮帮忙，团部中一个军需的缺正空着等他。团长是他的朋友，新近有特别的缘遇拔升的。信的末后还隐约地描了几句：这队人马过几月要有移动，也许移动的很远。

坚石一面看着信，一面回想起在学校时时常聚会的那位新升团长的同学。他毕业了有几年，自己在一年级时，他已在最高的班次了。还在学生运动前他离开学校，投入了西北军的学兵营。原来他的亲戚是西北军中的一个占有强固地位的军人他走了，却时常同自己通信。坚石为了那位老同学的志趣高，气度恢阔，也把自己的文章寄给他看。因为在学校时由于文字的来往订了交谊，几年来除掉是半年的僧院生活外不曾断绝过信件。这一次来信特为写给这私立中学校长转交的缘故，便是那位军人怕坚石的脾气在这边不能多久，或有失落，所以转了一个弯。

由学兵营六个月的训练转成连部司书，一年后实授连长。又不过两年的时间拔到管理快近两千健儿的地位。虽然说当中曾经过一次血战，却也太快了。也许另有提升的因由，记得以前的来信中，仿佛曾提到过被派到甚么地方去作了一次考察。那正是坚石自己出家的时期。文字中的语意太模糊了，也断不十分清楚。不过坚石晓得那个宽肩头，红脸膛，说起话来眼睛里有种光棱的朋友不寻常，他干了军界自有他的理想，那不是一个只图拿住枪杆，发财升官的弱虫。

“这是再往前冲一回的机会!”他想：“本想由庙中回来作一个糊涂人，——甘心与一切急动的生活离开，如蛰虫似的伏在地下，塞蔽了聪明。让能干一点的青年朋友向水里火里跳去。——但压不住窒在心头的苦闷，仍然得出来与急动的社会搏斗，——那就不如自己也来打一阵人生争战的催阵鼓吧？不完全则宁无!”

坚石自从再离开家乡后，激热的心情已经燃烧着又一度向上升的火焰。这封信与书记先生的激谈，仿佛在火焰上滴落下几点油滴。

他顿一顿脚，望望林子外的朝阳正待转身回去。

迎头跑来了校门口传达处的一个工人，“上楼去没找到，有人来拜，片子在这里。”

名片接到手中，三个仿宋字的字体：“宋义修。”

果然在招待室门口坚石与两个年头没晤谈的义修握手了，他们即时匆匆地上了楼，到坚石的寝室里坐下。坚石只好临时请假。

坚石看看原来面色丰润，身体结实的义修不是两年前的样儿了。就是神态上也没有从前的活泼，而多了近于装点的忧郁气分。一身淡灰色的呢子夹袍罩在他的身上，十分宽松，头发仍然中分着，却不是以前那么平整了。充满了失望与缺少睡眠似的眼睛向自己看时仿佛在转动中失去了青春的光辉。他比两年前的活泼简直像另换了一个人。乍见面只是用力握住坚石的左手，半晌没说出话来。

“义修，咱真是断绝了通信的老朋友。你怎么知道我在这里找了来？仿佛听人说过你自从春初便到北京去了，是么？”

义修点点头，掏出香烟燃着了，深深地吸了一口，且不言语。

坚石摸摸前额，不知要怎么把长谈开始说下去，义修重重地向空中吐一声长叹道：

“你既然再出来做事，找到你不是难事。我呢，的确在北京住了几个月，刚刚坐船回来，——其实是特地转道来看你。你觉得我比从前不同了么？自然你可以看的出。”

坚石万料不到这个人变的这样快；这样像失去了灵魂似的无气力，“他从前的精神丢到那里去了？”话在舌尖上却没即时问出来。

“话真不知道从那头先说，我也问一句，你自已以为都变了，那么我呢？你预想到我还能来安心干这一份职务？”

义修这时才微微有点笑意道：

“不是自诩聪明，你既抛开了经卷生涯，当然能够再一回的入世。并不希奇。我起先看错了你，其实差得多。大家说你的意志薄弱，不见得是定论。一个青年人物性格与环境的激动，其中的变化太大了，……太大了！总之，在那一流人中我是最不行的一个，没有你的认真劲，却也不能太伶俐一点。”

先说上这一段似批评又似自怨自艾的痛语，坚石不明白他的近事，真有点不好答覆。

“在北京给报馆里帮帮忙，预备夏天入大学读书，其实我对于所谓大学并没有一般学生想急急投入的热烈心。学问是可以变化一切，引导一切的，然不是一样有反面。能生人亦能杀人，如载舟的水一个例子。人间到处是假面具，甚么好名词，好主义，条条有理，件件可贵，试问有几个人真心是纯为了学问与求知，或一点杂念没有，专为人民，——为他的同类谋幸福。有的，几个傻子！太少了！自然，何必骂世，人类的根性也不过尔尔。‘天地不仁’罢了，讲甚么是，非，善，恶！……我在那边几个月，除掉编报，游逛，与朋友吃酒之外，独居深念。……”

“你也得经经独居深念的生活！动的过火了，好好地安静一下不无益处。”坚石听他说此四字，触及了自己在圆山中半年的默思的情况。

“可惜！坚石，我不成！虽是有时的独居深念，仍然苦恼着自己的精神与身体。不同你一个样，根本上说两个人的脾气是两道。大致上说，你能决绝，——不管这点点决绝力是长，是短，可总有。我吃亏在太有粘性了，不肯走绝路，迟回的地方过多，这个有点留恋，那个又浮躁地盼望着。……明白告诉你，我本不想成功，自然失败如同跟脚鬼似的随着转，我的悲哀并不由于感到失败者之绝望，只是‘世法无常’，向人间找不到意义！在北京听听戏，听腻了，逛两趟有大树有水的公园，烦了，不再想去。一切都是一个型。埋头读书，坚石，这不是在新青年群中很中听的大方话？其实说来容易行去难，罢了，罢了，我根本上不想从书本子上找到么。……”

起初他似是不愿说话，现在话匣子开了，几乎不容坚石插嘴。不过他的说法，连细心的主人听去也有些找不到路数。甚么“世法无常；”甚么太粘性了，这么笼统不着边际的怪想法，真像义修的为人。好容易他住了一住，坚石立起来扶着他坐的椅背道：

“老朋友，你何以这样的失望？不是在两年前你曾讥笑我看佛经的态度了？我劝你放开，不想，不谈，现在依我说你应当切切实实地读一点严重性的书，新旧皆可。那些带刺激性的文艺书少看为是。你说埋头读书，你办不了，这可是对症的药。”

“哼！——不一样？你那时沈浸在佛法的教义里，甚至发愤出家，避开争斗的人间，走另一方的绝路。对！有你的动呀！再回头也好，未可厚非。——我不像一般人的评论你，你终不失你的热诚，你的决绝的态度，我想办都办不到。读书，不讲别的，我还不希望把我自己遗忘了？你别怪，也许我的话不逻辑，——无奈我太感受苦楚了，意志不能把情感制得住。”

坚石就有点明白，听他刚才的自白便断定了这向来主张唯情哲学的老朋友受了甚么创伤。

“人生的路多得很呢，何苦作茧自缚。你的事不用问，我大体上明白。自己造成的酸酒当然自己受用！怨谁？不过你太只向一方看了，世人皆有迷恋，你是吃亏在感官灵敏，委决不了。……也许便是你所说的太有粘性了。本无是非可言，然而向远处看的也有好处吧?”

义修不再反驳，他低了头弹烟灰，眼角红红的，气息稍见急促。一会，他仰起头来，把头上的长发披散着摇一摇，高吟道：

“‘春蚕到死丝方尽，蜡炬成灰泪始干!’坚石，我永远记住这个热情诗人的句子。不为一件事，不对一个人，向世间的一切作如是观，不也是人生的一种好态度?惟情无尽；惟愿无尽，佛学家，你以为我是小孩么?”

坚石点点头道：“但愿你把这两句话正看；侧看；四面八方看，不要拘在某一个事件上，便是解脱。佛学，与我无缘了，实在也不配。不过佛经里有许多耐人思的话，你愿意听我可说几句：‘不一相，不异相；不自相，不他相；非无相，非取相。……’听去似等于念咒文，其实含有伟大的道理，我冒充了半年和尚难道毫无所得!从圆融一方面，我们的小我简直不能存在，就连外界所有的矛盾也是多余。不过若太往空处走，不管好坏，我们是青年人，又受过潮流的簸荡，那能耐的住。了解点却有益处，能令自己的精神扩大。……”坚石把以前记得佛经上的难了解的句子借来，想教老朋友换换心思。

“不必提了，都算是至理名言吧!我没有力量能够澈底了解，钝根人只是如此!”

坚石注视着义修的神色，知道他在苦梦的颠倒之中一时醒不过来。大约他受的爱情上的激动过甚，说话也条理不清，自己便不愿继续再问。

两个人在沉默中对坐着，忽然义修另外谈到身木与巽甫。他本想一见面就同坚石谈的话，到这时才记起来。

“你听见过巽甫的事过？”

“在故乡中探听不到了，他的伯父不在家，被人约了去在一个局子里作秘书，别人一点消息都没有，我只知道他是远去了。”

“远去，不错，回来了两个月了。据说到南方开会去，与我们这几个旧人断了音信！……还有身木也刚刚走了！……”

“走了？往那里去？他！”身木又走的事，坚石是头一回听说。

“我从北京来时他们大批的选派学生都往海参崴去了，现在还不能到。身木在内。不过他去与巽不同，恐怕至少须待三四年头才可以回来。……到那边大学里作研究。”

“怪不得前两天从伟南传来的消息说最近有些人被选派，没料到他在上海也得了这个机会。”

“讲到这些事你过分的老实了，简直信息也不灵。……我早知道这小弟弟的能干，准有他的分。也好，只是认定的路往前走。……像我，人家不找我，我也受不了那些纪律。”

坚石想想，慨然地道：

“身木的被他们选派自然不奇，他真也有他的，……谁都不知道就这样偷偷地走了！我们在先前原断定他能学点专门科学的技能，这一来的变化便不相同。”

义修向窗下的一片有小黄花的草地望一望。

“也算得是一套新科学？不过他们这时去不学制造物品，而被训练去制造社会的科学罢了。”

“对，本来中国的社会非重加制造不可。把旧有的整个的锻炼一下，加添新原料。毁炉另铸，是个时期。中国的种种观象不早已到了‘穷则变’的，……近来革命的空气，徒然说是几个人的鼓吹，——那能有此普遍的力量。……不是时代的需要，谁能凭空造成另一种的局面。……”

义修大张了微带红丝的一只眼睛向坚石看，坚石的主张很出于他的意外。他总以为坚石即使能再向现代生活中混去，一定丝毫沾不上甚么色彩的，但两年后头一次晤面，口气与思想似乎都有了着落，比起自己的浮泛来，义修真看错了从前的坚石。

“想不到你倒是一个革命论者，如在以前，不奇怪，难得是回家后的你！……”

“笑人么？”坚石的脸上展开一层红云，“想不到是我的变化不居，也许你的断定错误？革命，算得了甚么过分严重的事？一个时代的结束与另一个时代的开始，这是必然有的。谁能阻止得住？中国确确是到了毁炉重造的时候，不过要用甚么资料造成一件甚么型的新物品，能够适用不适用，……这问题便大了！义修，你把那些闲心抛开吧；抛远些，有两条路摆在你的前面：埋头读书，与大踏步向前干，不要被些软性的情绪毁坏了你自己！”

坚石在家乡中沉默惯了，到学校中来一向也少说话，但这几日来激动他的心思的外缘太多：唐书记的激话，与义修的突然拜访，他传来身木被选派往那个新国留学的消息，使他本来不安定心情更加热化了。而最有引动力的还是那个团长的一封长信。

义修自从送走巽甫以后，他陶醉于绮色柔情中的运气渐渐不佳，没有理想与希望的过活，已足使他受苦了，而爱的圆满急切又不能实现。他渐渐染有酒癖。冬天往北京去自然也是追随着爱的行踪，然而他在那风砂灰土的城圈中，愈走愈感到荒凉与梦境的觉悟。这次回来，本想对于冷静的坚石诉诉苦，可是还没讲了一半，从坚石的答语中，义修明了自己把这个佛学家看错了。看他从一个觔斗中翻过来，似乎在沉静的表现上更增加了他在内的热情。能熬苦，能上绝路，可也能从绝路上另找站脚地，在显明的矛盾的界限外，他有他的混然内力读佛经时可以看一切皆空，脱下袈裟便又脚踏实地，……

对于这个多疑善变的老朋友，义修此时深感到自己的观察远不及巽甫。想到这里，把藏在胸中的那样虚飘飘地绮色梦的悲哀与怅惘的欢情渐渐压下去，不肯多提了。

坚石觉得义修的态度不但是消沉无力，而且太迷惑了，禁不住要再劝他一回。他知道义修对于中国的古老文学有特殊的嗜好，便引用了两句《诗经》道：

“从前人说‘既见君子，我心则降！’本来相别三天还当刮目，我们大家都当青年，社会的动荡又太厉害，是非，真伪，善恶，又这样的纷乱交杂。青黄不接的过渡时期，我们在里面被激荡着，谁能不变？我就喜欢在这个变的过程中各人有点寻求。不过总得望令人心降的去处变，不可使老朋友隔几年看见了越感到没有丝毫的气力。宇宙原是一盘善动的机器，我们虽然微小，也许可以凑合群力成一个小小的齿轮。然而这合起来的气力需要情感与理性生活的密接调剂，太偏了便失却平均。自然谁也没有把这两件东西分配得平均。像我也一样的或轻，或重。义修，你该真觉察得到你与我的不同之点吧？……”这一段话说得太急了，自己也觉出有点乱。

轻易难听到的有哲学意味的大议论，居然由坚石的口中说出来。似乎有心对这失路的旅客作学术讲演一般，这不能不使义修惊异而且有点黯然了！

“不错，不错，够得到士别三日的话了！坚石，大约你在这所中学里听惯了先生师长们教训的口吻，我远远地跑来，——是看你的并且谈谈友人中的事啊。”

坚石还想往下说，一看义修的样子，便咽口气道：

“算我是习于所染吧！久不见，话自然是多些。好了，你在我的床上睡一会，别急着走，我下去办办事。下午我约你吃酒，这地方有一种小米造的好酒，——是好酒你不爱喝？不嫌噜嗦，到那时再谈。”

就这样结束了两个人的仿佛有意见的争论。坚石微皱着眉尖走下楼梯，到办公室中打开本子，心里很不安，结束昨天未完的账目，十分勉强。看看唐书记正在按受某教员的讲义稿，要抄写付印，一个劲地低头作活，也少有谈话的机会。

及至账目理算清楚以后，恰好在存款项下余着一百十几元的数目，抽开屉子把钱数过过，不错。把屉子闭上时，迟疑了一会，便锁起来。一只手托住头，对了对面墙上挂的博物示教图出神，一会轻轻地拍了一下大腿，站起来往隔壁的阅报室中走去。还没下班，恰好没有一个人在里边。他看着木格上一叠叠挂起来的报纸，那些奇怪字的广告都似懂得自己的心事向自己冷笑。他且不看报，围了长方案子走了两趟，把制服中的皮夹掏出来，数一数不多不少，还有三块五角的零钱。够甚么用？除非等到两个星期后发下下个月的薪水。

“太迟了，太迟了！失去了这个再冲一次的机会，便只好老在这里与簿记本子，珠算盘作伴，而且前路上有生动丰富的生活等着自己，为甚么不从另一方打开一条大道？……”

他的心更坚决了，想暂且不计较，晚上再细想一下。无意中找到才市内送到的一份报，随意揭开第一页，有八个特号字刊在头一栏里是：

“中山先生昨日逝世！”

他急急地往下看，电文很简略，是只是说昨天甚么时在北京行辕过去了，并且还有极重要的遗嘱等等。

这又是一个重大的激刺，他晓得未来中国的大事还麻烦得多呢！楞楞地站了一会，他决定不再迟疑了，“非办这一手我走不了！还有薪水顶一半，算我对校长的借项，才几十元，一个月准能汇还。何必为这点小节耽误了自己！”

用手按住报纸再想一遍：“大哥这一回又该受点编派，不过这比不得出家，干事情还是先得了母亲的同意。他们也许往荣华富贵的一面想，希望有了对我便可放松？”想到这样自己的曲解，嘘一口气。

“传统的，牵连的旧社会与旧家庭，使人真觉得无道理可讲！自己绝没有身木那种洒脱劲，行所无事，轻轻地投到那里就安然地在那里头干。但不知怎么，家乡中人对自己的看法是怪物，对身木呢，却没有多少人给他甚么评论。其实自己又何尝是居心有‘惊世骇俗’的举动。已经是闹过一次笑话了，还怕他们说这个，那个。……一个有趣的对比：头一回是要使‘六根清静’，现在却偏偏犯一次佛家的大戒，——偷！”

乱想着，听见操场里有哨子响，即时门外有一群学生往外走。“许是有一班上武术班？”坚石即时也丢开报纸走出阅报室来。

# 二 十

第二天。

说是为陪着朋友逛一天，特别在校中请了假，没多带东西，只是托辞是义修的小皮箱带在身边。到了小码头，买好往海州去的小火轮的船票。怕被人撞见，趁客人来的不多，坚石便先进了房舱。

两人床位的舱中对面床板上放了一只网篮，篮子的主人没到。他看过坚硬的木板懊悔没有一床毯子，只好把粗呢外衣铺上面，急急地把买来的几份报纸打开看。

一阵近于不安的心思使他感到烦躁，一股汽油与煮菜气味混合着从底舱里向上蒸发，微微觉得头晕。虽然报纸上载着些重要新闻看不下去，从皮箱里摸出一包良丹来咽下几粒，接着把下余的从校中偷来的款项再数一遍，随手将木门带上，手指微颤着钱又重放到内衣袋中。躺下，心头突突地跳动。听小圆窗外的水声，与码头上小工的耶许叫声，船面上卸货的起重机轧轧的响叫，一大群卖零食的争着拉买卖，他竭力想着宁静却更烦躁起来。

仿佛自己真是一个有罪的偷犯，挟款逃跑，时时防备人家来捉住他。

到海州拟发的信稿记忆有好几次了，邮票都预备下，下船即发。别处的非到军队的驻扎地不能透露消息。他想这些事都很妥当。但除了多支了学校的一百元钱之外，还感到自己有对不起学校校长的地方。

闭了眼睛过一会，烦躁稍轻点，把几张报纸重复看一遍，最重要的是中山去世的较详的记载，以及遗嘱的宣布。又再往下，连附刊的文艺，社会新闻匆匆阅过。还不到开行的时间，对面床上的客人也没来。房门外有几个日本人谈着自己听不懂的话。虽有一个小圆窗子正好背了阳光，房舱中暗暗地一片阴沈。睡是睡不到，寂静中听见外面的各种叫声耐不下去，坐起来重复把皮箱子打开，取过两本书：是他嗜读的严译《群学肄言》与随在身边一年余的《现代小说译丛》。

把小说集放在一边，先检开《群学肄言》，无目的的涉猎。正好是《情瞽》那一篇，这题目使他感到与自己的一时的兴味相合，随手翻下去看：

“……缘亩之民极勤动不足以周事畜，而旧家，豪室犹有非时之力役，奔走，喙汗，无所息肩。町畦之所出，狐狸，野彘，雉，兔，麋，鹿之食资之，杀之则有罪，讼之不见听也。……以改良为不法，以致物利用为作奸。有所创制则以为奇技，淫巧而罚锾。邑之征赋，殆悉取于力作之家。……豪家浸洫，鲜贵施夺，愬则必不得直。国为治民之事，其所用者侦吏也，罔证也，以周内罗致人罪者也。其郡鄙分治之不善如此，其朝廷统御之无良亦如此！民生多艰，举趾触禁，言之有非外人所能信者。而枢轴之地，放荡，恣睢，贪残，奢侈，竭府库以事穷大之宫居，毁军旅以从无义之战伐，民已穷矣，而后宫之费益滋，乃举不可复弥之国债。赋既重矣，而竭泽之渔未已。遂致通国同愤之谤声，欲取逸居拥富之众而算之。势不能也！……”

平常看过的文字未曾特别留意，这时偶然翻到，坚石却觉得分外感动了！揭过两页，才知道斯宾塞尔这段文字是论法国大革命前的事实，正合于自己当前的心思。他再往下看：

“当是时法民作难，政已不行，而无良怙终之豪家，神甫，犹相聚以谋复旧柄，甚且潜结外雠以蹂躏宗国。于是法民狼顾愁愤，率土若狂，受虐于厥祖考，弃疾于其子孙，欲得甘心而已！……

“使民权终古不伸，则继目今，三木桁杨无去体之一日！勤动之所得，俯仰之所资，朘且日深，饿莩而已。存者菜色，偷生草间，固不如死！夫民思无俚至于此极，其偾兴，悖乱不知所图，固其所也！……顾谁实为之，而使之至于此极欤?”

很奇怪，想不到这本讲社会学原理的书中有这么动人的叙断。何以从前读过毫无察觉?他无意中跳下床来，外面的种种声音似乎都停止了，只是自己的一颗心在胸中迸跃，从使民权不伸以下重读一过，他长叹一声念道:

“顾谁实为之，而使之至于此极欤?——谁实为之?”即时，在他突来的想像的脑影中，涌现出一片涂血的原野:残断的肢体，头颅，野狗在沙草的地上疯狂般的吃着人的血，刺鼻的硝烟，如坠霰的火弹，光了身子逃难的妇孺。金钱，纸币的堆积，一只只有力的巨手用雪亮的刀锋割下人民的筋肉，在火炉上烤食。妖媚的女人，狞猛的灰色人。狡猾的假笑，用金字与血液合涂的文告。高个儿绿眼睛的西洋人与短小的邻人站在高处要提线的傀儡……转过了，又一片的凄凉的荒芜，有血腥气息的迷雾。不见村落，不见都市的建筑，一颗挺立的树，没有;一朵娇美的花，也没有;甚至听不到鸡啼，连草间的虫子叫也没有。一切虚静，一切死默，全沈落在这一片黑茫茫的氛围之中!……

然而很迅疾地，实现在他的睛下的又是一般惊心的比较:

“向也，万人之死莫不有其自作之孽，抑其党之无道暴虐而夸诈也，则以为可悯!

“今也，是二百万人者皆死于无辜;且皆以威力驱凋残困苦之民以从之，则以为当然而无足念。”

原来斯宾塞尔在慨叹英国人对于法国大革命之杀戮便着实惋惜，而对于革命后拿破仑不过为了扩大他一个人的野心，四出征伐，连结多年。白种人死于兵事的有二百万人，而英人反以拿氏为不世英雄，企慕，敬服。是非颠倒到了这样怪异的程度，他几乎对于所谓公道绝望。读到这个比较，坚石想起作书人的愤慨，将书本放下了，他缓缓地在狭小的地上来回走着。

“这不是一般常人不明事理的盲论是甚么？连年无休的军阀内战，那个省分不曾有过，那个地方的人民不曾受到不可恢复的损失？为甚么到现在，‘存者菜色，偷生草间，’还怕革命？通国同愤的谤声变成一把烈火，革命，革命，再不及时翻动一下，岂止是法国当年的‘竭泽而渔’专供一般有权有势的特殊人物作牺牲，到头都尽，终是外国人的公共牛马！……”

他想着，不自知地把牙齿咬得微响。……他记起了耿直的唐书记；记起了校中的团体；记起了今天绝早乘车西去，憔悴清愁的义修。……突然有人拍门，声音是那样的粗暴。

“喂，喂，为甚么船不开大天白日便关了门？难道是包舱？”

有点熟，来不及想了，坚石急急地把门开放。随了往后闪的单门拥进一个戴红结小缎帽，灰市布长褂的少年商人。

坚石没敢端详来人的面貌，先说：

“对不起！刚刚睡一会，太早，怕有人，……丢东西，门关了，真有些对不起！”

“对不起！”再说一遍，吐音未完，一只有力的硬手飞过来，压住自己的肩膀。“哈哈！巧遇，巧遇！原来是你一个儿藏在这里。同行，同行，这真是‘得来全不费工夫’呀。”

坚石下意识地向对面床角上倒退了一步，抬头正对来客的脸，虽然有颇长的胡子根，更黑些，确像是初从田野中奔来的小商人，他不是久久连行踪都听不见的金刚是谁！

意外的，是这么匆促中的相遇，却把坚石呆住了。金刚，——那个言谈行动都充分富有原始农民性的壮人，把一提篮的水果与一个粗被套摔到原占有的床上，且不与坚石谈甚么，如旋风似的跑出去，在甲板上不知同谁说了两句话，又独个儿钻进来。坚石仍然像深思地立在一旁，没有动。

“喂，喂，大和尚，天缘巧合。怎么来得这等巧！还在一个房间里。你多早返的俗？现在又往那跑？——你瞧，你这一变简直是‘鲁一变至于道’了。脱去学生皮，成了小负贩，我这打扮你别见笑，老刚如今更成了俗人了啊。”

不等得答复，从提篮里取出两个圆红的苹果递给坚石一个，自己的立刻在大嘴角上咬下了一片。

“刚，你应该知道我从山中跑回家乡去吧？”坚石一时弄不出相当的话来对付他。

“似乎听说过，我忙于做买卖，老实话，不大有闲心替朋友们操心。干吗？修行不好么？那是你的主义，向绝路上走就走到底呀。”

“且不要提我走甚么路，到底不到底，横竖在你是有点不上眼。但是你的呢？刚，你会变成小负贩？骗别人可以，我们究竟在一处混过的，难道连这点事还解不开。……”

坚石这么直接了当叩问法。金刚把吃剩下的半个苹果抛在小桌子下面，在他的黑黑的圆脸上闪出胜利般的微笑。他挨过来，握住坚石的一只手，有力，热感，暂且不做声，直对坚石的脸细看。末后他轻轻地道：

“谁不走路？‘女大还有十八变，’何况你，我！你自己想想，变了几回：学生会干事，一跃而遁入空门，要修成菩萨身，又回俗，又成了学校职员，实话说，你的经过我知道的很清楚。究竟是在一处混过的，那能不替老朋友操操心。——我告诉你，老朋友，究竟还有这么一点世情的关连呀。……

“先生，——如今我真够得上称你先生了！——我顶爱说话，管不的真假，好在这小屋子止有你我，早哩，开了船让我们听着汽机细谈。你学过甚么佛法，真假当然算不了一会事，真即是假；假也许真。老石，你的不成由于你的这份书呆子气，可是你是好人，你令人有时想得起来也在这份书呆子气分上。不瞒你，——我的批评，你的心太多了，干来，干去，也许太聪明些，总归是不合心思。难得有极满意的时候。我这话打两年前就说过，别看金刚近乎老粗，来，坐下吃水果，把现在放下，让我们学学老年人温温旧梦，只谈过去的事，凑点热闹。”

坚石略感迟疑地在自己床位上坐下来，那本页子散乱的《群学肄言》斜搁在小皮箱的旁边。金刚口里吹着低低的口哨，把一套经薄的被包打开，网篮拿到床下，看样子他仍然是当年的快活，却在勇敢的高傲中多了些狡猾的神气。坚石知道他的底子，是在那一股活流中泳泅的青年，不过看他的打扮，身分，在表面上不能不使自己疑惑。分外可怪的，是隔了两年了，自己的行径他能说的清楚，他的呢？毫无所知。怕连与他最是接近的巽甫也不明白吧？也许巽甫这次跑回来情形此先前不同了。想到这里，禁不住要试他一试，便装作从容的闲话问他：

“问你点正事，休要花里胡哨地讲。你知道我都很详细，巽甫呢？最近他在那里？干甚么事？”

金刚收拾完床铺，回过身子来，“我连你的最近还不十分清楚哩，你应当告诉我，你要向那里跑？找谁？

公事？私事？先交换了这个再谈他。”

“我，……往徐州找一个朋友，没法子，老蹲在这边没出息，玩一趟去。”

“玩一趟徐州？那个古英雄的出产地，现在有的是鸦片烟，杆子头，英雄可不容易做得成！”

他对坚石非恶意地钉了一眼。

“怎么？你老是这一套，说话不像以前的实在了，真学得有点走江湖的口吻。”

“是呀，你还看不明白？像我不是闯江湖还像那个？我没有藏在自己硬筑成的象牙塔中。谈情说爱的耐心，也少那样脾胃；更学不了上山清修的本领，天生成的粗爽，只好‘下海’了！”

他说这几句，态度上并不完全对老朋友开玩笑，很正经，每一句话说出来都有点儿严肃。

“你说，你说！当然你的批评，我就是不懂，‘下海，下海，’怎么叫做‘下海？’……”

“很容易懂，”金刚一手摸着不长的黑胡根，眼睛里满含着他的不可掩的热情，“……你不记得‘泥牛入海’的故事了么？”

“噢！你比方你自己是一只泥牛，真真有味。”

“岂但有味，就是事实。笨得像我，——说来话长了，出身那么穷，终天守着铁匠炉，火钳，锤子过了幼年时代你还不知道？好容易入学校，升到中学一班中谁能说我伶俐。反正甲等的名次里从来没有过我。笨，笨得如一只牛差不多。那能像你们那班文学派，比古，论今，知书，懂礼。牛也好，离开学校，冷冷地被扔到社会中来。社会还不是一个无边岸的大海，扔在里头挣得到一口活气，不大容易吧！这个不论，管它有无后来的消息，总而言之，掷下去了。便作泥做的吧，这样的牛多了，也许海水变点颜色，所以我安心自比，——以此自比。再来一个，老石，我就不佩服那衔石填海的鸟儿，——老是在水面上飞行，哀哀苦叫，海中的波浪掀天，他尽很做了一个旁观者，自己的羽毛如何会不上一星星水味？不必说它尝不到淡，咸，——讲回来，石，人家有羽毛知道爱惜；知道羽毛的漂亮与美丽，更藉着声音去诱惑人。我呢？本无羽毛，笨得周身全是泥土，不下海干吗？嗯，老石，你应该说：'你走江湖就是多学了点吹哨的本事吧，'这的确是我的进步，我比先前活泼得多了。"

"你告诉我的就是这两个比方？……"

坚石静静地听过金刚这段话，也有点受感了，不过他不满足，他还希望这突遇的怪人多说些。正当金刚要再说时，汽笛尖叫了几声，船面上的水手喧嚷着，船身稍稍有点动。

金刚拉着坚石道：

"出去看看，船就开，看看海岸上的光景。"

他们即时开了舱门到甲板上去。

船开行了，轧轧震耳的汽轮响动，慢慢地，慢慢地，掉过船尾，离开那些密集的，有尖桅的舢板层，离开了小码头上短衣黑面的叫卖贩与码头夫。腥咸，油腻的气味闻不到了。内力的鼓动，冲开懒懒浮漾的海波，载了这一船的客人，货物，往前途去，——寻求他们的命运去。

水手们理好甲板上的机盘，粗绳索，各人走去。客人不多，只有从统舱中上来几个工人模样的男子，两个绅士派的日本人，衔着香烟从容散步。

转过了后海湾，船是向一面高岸，一面有小山的埠头告别了，那些红瓦的房顶，有烟囱的地带，渐渐转去，渐渐消失。

坚石倚在舷侧，目不转睛似的回望着这片可爱的地方，与距这地方不很远的家乡。在心头上又激起一缕的幽感，不是壮思，也不是别愁。他想着这再一次的偷行，甚日重来？重来时是个甚么样的世界？多少日月呢？这最近的将来全中国要另换成一个怎样的局面？

由父亲的忧郁性的与神经质的遗传，坚石虽经过一次翻滚，镇定得多了，却仍然不能去掉激于热心的，不能忍耐的寂静与空虚中度过去的生活。他并不怕人间的毁誉与利害，但他缺乏的是明定不移的信仰，与分析的头脑。他自己明白，这一次出走是往积极的路上跑的，但悬在他心中的只有灿烂炫耀的两个大字，是“革命!”究竟革命的目的与主旨，他也只有一个简单的概念，那便是救民于水火之中，旧的不除，新生无望。至于主义，办法，他在这时想不出怎么是最适当，最有效力，或是从根本上做起。

“信仰”对于这个易于激动又易于疑惑的青年，确有点难于渗入，他赞同三民主义是中国容易走的一条大道；然而对共产派的主张他有时也觉得无话可驳；向人类的最幸福处，最平等处想，安那其主义不也是一个真善美的乌托邦么？在两年前，他便为这样的问题苦恼着，自己在那个学会中与各派主张的人都保有相当的友谊，自己却永无远是在徘徊中，跨不出更大的脚步去。正如他为抑压不住的情感冲动了自己，想一生面壁；想学做乡村中的逸民；想成为大时代中一个有力的齿轮，但确定是信仰甚么，他自己也苦于诉说不出。

他对于自己的事很了解，但也时时在苦闷着。这时由风景的变易与心情上的彷徨，低头看看脚尖，仰头对着斜飞的海鸟，不免更觉得茫茫了！向身旁的金刚看，他正在兴奋地同船上的工人问着甚么运货，杂粮行事，连海州的风土，人情，都谈得上来。他真像来回路走得十分熟的老客。海上的景色，与埠头上的一切，他皆不关念，说起话来自然，响快，如同心中甚么也存不下的一个粗人。

船开了不久，风颇大，船身动荡得比较厉害，空中聚着一层层的暗云，许要下应时的雨。客人们都回到舱里去了。

经过两小时的谈话之后，坚石渐渐明白了金刚的任务，而自己这次出走的目的也告诉过他。自然金刚有他的秘密，虽是外表上扮作小商贩。对坚石不能尽情说出来，坚石明白自己没曾加入过他们这一派，话也不肯深问。但从他的闪烁的言谈中，可以窥见这个时代的转变先期，各个细胞组织的活动力量。身木远去了，巽甫在南方有他的中间的工作，金刚的巧遇，也可知他有“飞腿”的资格。当年黎明学会中几个重要份子，似乎都能向各方放射出小小的光箭，不管那些箭头在未来是永远的锋锐，还是磨钝了，或者长上血锈。坚石想起这些事，与朋友们的分道前行，又引起自己在团体中活动的兴味，颇感着光荣的微微的傲思。纵然自己是方走上那条长的正途，可是提起兴头往前跑！他回念着旧事，一股青春的活力在全身内跳动，就是只有这一点点的活力，他觉得甚么事都可以干！前途任管有甚么困苦，他咬住牙能受得了。这像是说不出的，有似白热化的心情，与两年前决定以青灯，古佛作终身伴侣时的狂热一个样。虽然不愿细作分析，或作未来的究竟观，但诚实的欢喜心，总以为这一时自己是有了生命的倚靠；有了兴致；有了寻求的目标。打退了一时的烦苦，思虑，与把捉不住的纷扰的妄想。

倚在舱壁上，他在重温旧梦了。夏夜湖上的沉思，暗阶前同他们几位的对语，——尤其使他记得十分准确的是到他思齐叔的寓所内找路费时的长谈。

那句重要的话，一个字也不曾忘掉，“你可知道这是件很严重的事。”但他只能饶恕自己了！希望把这句话再应用到这一次的偷行上，有个着落。他决定非在前途上留下点痕迹不再跑回家乡，不与那些瞧不起自己的人们见面。

金刚说是到统舱里找人去了，直等到开了电灯还没回来。

从圆玻璃眼中向外看，昏黑得别无所见，只有船身冲过暗涛，激起一层层的银光的浪花，推出去又卷回来，还能仿佛看得清。隔壁的舱中有人唱着粗嗓子的大净戏，没有胡琴，用指头敲着板眼，还夹杂着女人的笑语。坚石在圆窗上望了一会，重回到靠着小案子的床边上坐定，心安了好多。没有事作，把上船后取出的另一本书随手翻动，他按着目录找出他以前读过，认为最受感动的《世界之征》那一篇，从开始看到有下面几句话的这一段：

“……他们都由许多不大能够看出的小点聚集而成，仿佛是不活动的，但实在是慢慢的在那里动。每个单点向前滑走，在一时间内不过二分弧度；而且并非直线的。

只是环绕着自己的运动的中心，颤巍巍的盘旋上去。”

坚石看这段很慢，几乎要把每一个字都能记住一般，并且低低地轻念道：“只是环绕着自己的运动的中心，颤巍巍的盘旋上去。”念完了，对白垩的墙壁楞了眼，再往下看：

“那些小点联合了，分散了，隐灭了，又走出在球的顶上了。但各个小点的形态，并不值得甚么注意，只是那全个斑点的运动很有重要的特色。他们缩小了，或者长大了，在新的地面出现，互相侵入，或被逐出在原来占据的地位之外了。”

看到这里，他把眼光移到对面的白墙上，真的，仿佛有一些小点子在上面迸跃。倏地聚合起来，倏地四散了，除了那片白色的墙底之外，分别不出从书中跳上去的斑点是甚么颜色。它们移动，分化得太快了，微光交织，可恨自己的眼力不济，难于分清。但他们都像些有气力的小生物，在各找适合的地点作跃动的工作。坚石在这一霎有点恍惚了，他觉得那些小点内有自己与他的朋友的生命附着住，凝合住，这是他们在光明中能够生存的表征！……澎轰的一声，房舱的四壁全倾过去了，又颠过来，幸亏旁边的小木案做了靠身，没摔下床去。电灯泡左右摇动，光与影在地板上，在角落里，都彼此争逐着。一个勇猛的浪头打上床侧的圆眼睛，很迅疾地又跌落下去。听，海上正奏着急风，骤雨，与飞涛的合奏乐。而轧轧的汽轮并没曾因为外面的风，雨，停止了催着前进的响声。

坚石觉得一阵头晕，跳下床来，书落到脚边上。向对面白墙上再看时，斑点全消了，上面是一片光明与一片暗影互相进展，互相推让。

船身虽是摇动得厉害，坚石终于扶住案子强站起来。

这一夜，海上的暴雨没有停止，在倾侧摇动的船床上，青年的旅客们，半眠中，各人摸索着各人的梦境。

**图书在版编目（CIP）数据**

春花 / 王统照著. — 北京：中国国际广播出版社，2013.1
（良友文学丛书）
ISBN 978-7-5078-3552-6

Ⅰ. ①春…　Ⅱ. ①王…　Ⅲ. ①长篇小说－中国－现代　Ⅳ. ①I246.5

中国版本图书馆CIP数据核字（2012）第265786号

# 春　花

| | |
|---|---|
| 著　　者 | 王统照 |
| 责任编辑 | 张娟平 |
| 版式设计 | 国广设计室 |
| 责任校对 | 徐秀英 |
| 出版发行 | 中国国际广播出版社（83139469　83139489[传真]） |
| 社　　址 | 北京复兴门外大街2号（国家广电总局内） |
| | 邮编：100866 |
| 网　　址 | www.chirp.com.cn |
| 经　　销 | 新华书店 |
| 印　　刷 | 环球印刷（北京）有限公司 |
| 开　　本 | 620×920　1/16 |
| 字　　数 | 100千字 |
| 印　　张 | 13.5 |
| 版　　次 | 2013 年 1 月　北京第一版 |
| 印　　次 | 2013 年 1 月　第一次印刷 |
| 书　　号 | ISBN 978-7-5078-3552-6/I · 404 |
| 定　　价 | 40.00元 |

CRI
中国国际广播出版社
欢迎关注本社新浪官方微博
官方网站 www.chirp.cn

# 人文阅读与收藏·良友文学丛书

| | | |
|---|---|---|
| (1) | 鲁　迅　编译 | 竖　琴 |
| (2) | 何家槐　著 | 暧　昧 |
| (3) | 巴　金　著 | 雨 |
| (4) | 鲁　迅　编译 | 一天的工作 |
| (5) | 张天翼　著 | 一　年 |
| (6) | 篷　子　著 | 剪影集 |
| (7) | 丁　玲　著 | 母　亲 |
| (8) | 老　舍　著 | 离　婚 |
| (9) | 施蛰存　著 | 善女人行品 |
| (10) | 沈从文　著 | 记丁玲 |
| | 沈从文　著 | 记丁玲续集 |
| (11) | 老　舍　著 | 赶　集 |
| (12) | 陈　铨　著 | 革命的前一幕 |
| (13) | 张天翼　著 | 移　行 |
| (14) | 郑振铎　著 | 欧行日记 |
| (15) | 靳　以　著 | 虫　蚀 |
| (16) | 茅　盾　著 | 话匣子 |
| (17) | 巴　金　著 | 电 |
| (18) | 侍　桁　著 | 参差集 |
| (19) | 丰子恺　著 | 车箱社会 |
| (20) | 凌叔华　著 | 小哥儿俩 |
| (21) | 沈起予　著 | 残　碑 |
| (22) | 巴　金　著 | 雾 |
| (23) | 周作人　著 | 苦竹杂记　（暂缺） |